KB075150

동물농장

세계교양전집 12

동물농장

조지 오웰 지음

윤영 옮김

올리버

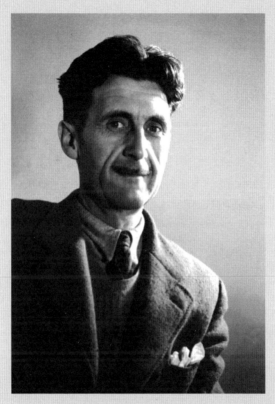

조지 오웰George Orwell

1

장원농장의 존스 씨는 밤이 되자 닭장 문을 잠갔다. 하지만 술을 너무 많이 마신 나머지 쪽문 닫는 건 잊고 말았다. 좌우로 휘청휘청 춤을 추는 둥그런 손전등 불빛과 함께, 그는 비틀거리며 마당을 건너갔다. 뒷문 앞에다 장화를 벗어던지고 주방으로 들어간 그는 마지막으로 술통에서 맥주 한 잔을 따라 마시고 침실로 향했다. 존스 부인은 이미 코를 골며 자고 있었다.

침실 불이 꺼지자마자, 농장 건물 이곳저곳에서 부산스러운 움직임이 일기 시작했다. 미들 화이트종 수상자인 늙은 수퇘지 메이저가 지난밤 이상한 꿈을 꾸었다며, 얼른 다른 동물들과 이야기를 나누고 싶어 한다는 이야기가 낮 동안 쭉 퍼졌다. 그래서 존스 씨가 자러 가면 곧바로 큰 헛간에 모두 모이기로 합의했다. 메이저 영감(대회에 나갈 때는 윌링던 뷰티라는 이름이 내걸렸지만, 다들 그를 이렇게 불렀다)은 농장에서 매우 존경받는 존재였기에, 다들 그의 말을 듣기 위해서라면 한 시간 정도는 잠을 양보할 준비가 되어 있었다.

큰 헛간 한쪽 끝, 연단처럼 솟아오른 곳에 메이저가 이미 자리를 잡고 앉아 있었다. 바닥엔 짚이 깔려 있었고, 머리 위 기둥엔 손전등도 매달려 있었다. 메이저는 열두 살로 최근에 통통하게 살이 찌긴 했지만, 여전히 위엄 있는 모습을 자랑했다. 송곳니를 한 번도 자르지 않았어도 지혜롭고 자비로운 외모였다. 머지않아 다른 동물들이 속속 도착해, 각자 방식대로 편안하게 자리를 잡았다. 맨 처음 도착한 개 세 마리, 블루벨, 제시, 핀처와 잇달아 들어온 돼지들이 연단 앞 지푸라기 위에 앉았다. 암탉들은 창틀을 선택했고, 비둘기들은 서까래 위로 날아갔으며, 양과 젖소들은 돼지들 뒤에 엎드려 되새김질을 시작했다. 마차 끄는 말인 복서와 클로버도 같이 왔다. 둘은 지푸라기 사이에 미처 발견하지 못한 작은 동물들이 있을까 봐 커다란 발굽을 매우 조심스럽게 내려놓으며 천천히 걸어왔다. 클로버는 중년이 되어가는 통통한 암말로, 네 번째 새끼를 낳은 뒤로 예전의 몸매를 회복하지 못하고 있었다. 복서는 키가 180센티미터 가까이 되는 거대한 몸집의 소유자로 평범한 말 두 마리를 합친 것만큼이나 힘이 셌다. 코에 있는 하얀 줄무늬 때문에 다소 바보 같은 인상이 느껴지며, 실제로도 지능이 아주 뛰어나다고는 할 수 없었지만, 그의 끈기 있는 성격과 일할 때 보여주는 엄청난 힘 때문에 두루두루 존경을 받고 있었다. 말 다음으로는 흰 염소 뮤리엘과 당나귀 벤자민이 도착했다. 벤자민은 농장에서 가장 나이가 많았고, 동시에 가장 성질이 괴팍했다. 그는 좀처럼 말을 하지 않았지만, 했다 하면 늘 부정적인 내용이었다. 이를테면 신이 자신에게 파리를 쫓으라고 꼬리를 주셨지만 꼬리고 파리고 간에 빨리 다 없어졌으면 좋겠다는 식이었다. 농장의 다른 동물들과 함께 있을 때, 벤자민은 절대 웃지 않았다. 왜냐고 물으면 웃을 거리가 없어서라고 대답했다. 그렇다 하더라도 벤자민은 대놓고 인정하지는 않았지만, 복서에게만은 헌신적이었다. 둘은 일요일이면 과수원 너머 작은 방목장에서 함께 시간을 보냈다. 다만 나란히 서서 풀을 뜯긴 해도 절대 대화를 하진 않았다.

말 두 마리가 자리를 잡자마자, 어미를 놓친 새끼 오리들이 떼 지어 헛간으로 들어왔다. 그들은 다른 동물의 발에 밟히지 않을 곳을 찾아 삐악삐악 울며 이리저리 방황했다. 그러자 클로버가 기다란 앞다리로 벽을 쳐주었고, 새끼 오리들은 그 안에 옹기종기 모여 곧 잠이 들었다. 그때 존스 씨의 마차를 끄는 멍청하지만 예쁜 흰 암말, 몰리가 각설탕을 씹으며 우아한 잰 걸음으로 들어왔다. 앞쪽에 앉은 몰리는 괜히 흰 갈기를 흔들어댔다. 갈기를 땋은 빨간 리본에 관심을 집중시키려는 의도였다. 마지막으로 고양이가 등장했다. 늘 그렇듯 가장 따뜻한 자리를 찾아 주위를 두리번거리더니, 복서와 클로버 사이 틈에 끼어 앉았다. 그 후로 고양이는 메이저가 하는 말에는 전혀 관심을 기울이지 않고, 그저 만족스럽게 갸르릉 거리기만 했다.

이제 모지스만 빼고 모든 동물이 다 참석했다. 길들인 큰까마귀 모지스는 뒷문 너머 횃대에 앉아 잠을 자고 있었다. 모두들 편안하게 자리를 잡고 얌전히 기다리고 있는 걸 확인한 메이저가 목을 가다듬더니 이야기를 시작했다.

"동무들, 내가 지난밤 이상한 꿈을 꾸었다는 이야기는 이미 들었을 겁니다. 하지만 꿈 이야기는 좀 이따가 하지요. 먼저 할 이야기가 있거든요. 동무들, 여러분과 함께 할 시간이 몇 달 남지 않은 것 같습니다. 그래서 죽기 전에 내가 가진 지혜를 누군가에게 물려주는 것이 내 의무라고 생각합니다. 나는 오래 살았고, 축사에 혼자 누워 생각하는 시간도 많이 가졌습니다. 나는 지금 이곳에 살고 있는 여느 동물만큼이나 이 땅의 생의 본질을 이해한다고 말할 수 있을 것 같습니다. 지금 여러분께 하고 싶은 이야기가 바로 그겁니다.

자, 동무들이여, 우리 생의 본질은 무엇일까요? 현실을 직시합시다. 우리의 삶은 비참하고, 고되고, 짧습니다. 우리는 세상에 태어나 우리 몸을 건사할 수 있을 만큼의 음식만 얻어먹으며, 일할 수 있는 자는 마지막 남은 힘이 다할 때까지 일하도록 강요받고 있습니다. 그리고 결국 쓸모가 없어지는 순간, 곧바로 끔찍하고 잔인하게 도축 당합니다. 이 영국 땅의 동물들은 한 살이 넘어가자마자 행복이나 여가의 뜻을 모른 채 살아갑니다. 영국의 동물 그 누구도 자유롭지 못합니다. 동물들의 삶은 끔찍하고 노예처럼 고됩니다. 이게 명백한 사실입니다.

하지만 이것이 그저 자연의 질서일까요? 우리 땅이 풍족하지 못해서 거기 사는 우리들도 품위 있는 삶을 살 여유가 없는 걸까요? 아닙니다. 동무들, 결단코 아닙니다! 영국의 토양은 비옥하고 기후는 온화합니다. 지금보다 훨씬 많은 동물에게도 충분한 식량을 제공할 수 있습니다. 우리 농장만으로도 말 열두 마리, 소 스무 마리, 양 수백 마리의 생계를 유지할 수 있으며, 지금은 상상할 수도 없는 안락함과 존엄성 속에서 살아갈 수 있습니다. 그런데 왜 우리는 이 끔찍한 상황을 이어가고 있는 거죠? 그건 바로 우리 노동의 대가 대부분을 인간들이 훔쳐가기 때문입니다. 바로 여기에 우리 문제의 해답이 있습니다. 한 단어로 요약하자면 인간, 바로 인간이 문제입니다. 인간을 우리 눈앞에서 없애버리면, 우리의 배고픔과 과로의 근본 원인 자체가 영영 폐지되는 거지요.

인간은 생산은 하지 않고 오로지 소비만 하는 유일한 생물입니다. 우유를 만들어내지도, 달걀을 낳지도 못하며, 힘이 없어 쟁기도 끌지 못해요. 달리기도 못해서 토끼를 잡지도 못하면서, 여전히 동물들의 왕이라고 합니다. 인간은 동물에게 일을 시키고, 굶어 죽지 않을 만큼의 최소한만 남긴 채 나머지는 자기들이 다 가져갑니다. 우리의 노동으로 흙을 갈고, 우리의 똥으로 비료를 주지만, 인간보다 더 많이 소유한 동물은 아무도 없습니다. 내 앞에 보이는 젖소들이여, 지난 한 해 동안 몇 천 갤런의 우유를 나눠 주었나요? 그 우유를 튼튼한 새끼들에게 먹였다면 무슨 일이 일어났을까요? 마지막 우유 한 방울까지 우리 적의 목구멍으로 넘어갔습니다. 암탉들이여, 지난 한 해 동안 몇 개의 알을 낳았나요? 그리고 그중 몇 개나 병아리로 부화시켰나요? 나머지는 모두 시장으로 팔려가 존스와 그 일꾼들의 주머니만 불려주었습니다. 그리고 클로버, 당신이 낳은 네 마리의 새끼들은 모두 어디로 갔나요? 나이가 든 지금 새끼들이 당신을 부양하고 당신의 즐거움이 되었어야 하지 않나요? 매번 한 살만 되면 팔려나가고 다시는 얼굴을 보지도 못하지요. 네 번이나 출산을 하고 늘 밭에 나가 노동을 하는 대신 당신은 뭘 받았나요? 보잘것없는 식량과 축사밖에 없지 않나요?

더군다나 우리가 꾸려나가는 이 비참한 생활마저 자연적인 끝을 맞이하는 게 허용되지 않습니다. 나로 말할 것 같으면, 운이 좋은 경우이기에 불만은 없습니다. 나는 열두 해나 살았고 4백 마리의 자손을 낳았지요. 이 정도면 돼지로서 자연스러운 생애입니다. 하지만 그 어떤 동물도 막판에는 잔인한 칼을 피할 수 없습니다. 여기 앞에 앉아 있는 어린 돼지들도 하나도 빠짐없이 일 년도 안 돼 단두대에서 비명을 지르며 생을 마감할 것입니다. 누구나 그 공포를 피할 순 없습니다. 젖소, 돼지, 암탉, 양, 모두 다요. 말이나 개라고 해서 더 나은 운명도 아닙니다. 복서, 언젠가 당신의 멋진 근육이 그 힘을 잃는 날이 오자마자, 존스는 당신을 도축업자에게 팔아버릴 겁니다. 그러면 그가 당신의 멱을 따고 끓는 물에 집어넣어 사냥개의 밥으로 만들겠지요. 개들은 늙어 이가 빠지면, 존스가 목에 벽돌을 묶어 가까운 연못에 빠트려 죽일 테지요.

동무들, 이제 아주 분명해지지 않았나요? 우리 삶을 방해하는 모든 악이 인간의 횡포로부터 나온다는 걸요. 인간만 없애면, 우리의 생산품은 모두 우리 몫이 됩니다. 하룻밤 사이도 안 되어 우리는 부유하고 자유로워질 수 있습니다. 이제 우린 어떻게 해야 할까요? 인간의 타도를 위해 밤낮으로 혼신을 다해 노력해야지요! 반란하라! 이게 여러분에게 전하는 나의 메시지입니다, 동무들. 그 반란이 언제 일어날지는 모릅니다. 일주일 안에 벌어질 수도 있고 백 년이 걸릴 수도 있지요. 하지만 내 발밑에 깔려 있는 지푸라기가 훤히 보이듯, 머지않아 정의가 실현되리라는 걸 저는 알고 있습니다. 얼마 남지 않은 삶을 사는 내내, 내 말을 명심하십시오, 동무들. 그리고 무엇보다 나의 메시지를 후대에 전달해야 합니다. 그래야 미래 세대가 투쟁을 이어나가 결국 승리를 이끌 수 있을 겁니다.

또한 기억하십시오, 동무들. 당신들의 결의가 절대 흔들려서는 안 된다는 걸요. 어떠한 논쟁도 여러분을 흩트려 놓아서는 안 됩니다. 인간과 동물은 공통의 관심사를 가지고 있다는 둥, 한쪽의 번영이 다른 한쪽의 번영이나 마찬가지라는 둥의 말을 들어도, 절대 귀담아들어서는 안 됩니다. 인간은 자기 자신 외에는 어떤 동물의 이익도 챙겨주지 않습니다. 그러므로 우리 동물들은 투쟁을 위해 완벽한 단합, 완벽한 동지애를 이루어 나가야 합니다. 모든 인간은 적입니다. 모든 동물은 동지입니다."

그러는 사이 큰 소란이 일었다. 메이저가 연설을 하는 동안, 큰 생쥐 네 마리가 구멍에서 기어 나오더니 엉덩이를 바닥에 대고 앉아 그의 말에 귀를 기울인 것이다. 개들은 즉시 생쥐를 발견했고, 생쥐들은 급히 구멍으로 도망친 덕분에 목숨을 구할 수 있었다. 메이저가 발을 들어 동물들을 조용히 시켰다.

"동무들, 여기서 짚고 넘어가야 할 문제가 있습니다. 생쥐나 토끼 같은 야생동물들은 우리의 친구인가요, 아니면 적인가요? 투표로 정해 봅시다. '생쥐는 동지인가?' 이 문제를 회의의 안건으로 제안합니다."

곧바로 투표가 진행되었다. 생쥐도 동지라는 의견이 압도적인 다수의 찬성에 따라 합의되었다. 반대 의견은 겨우 네 표로, 개 세 마리와 고양이 한 마리였다. 그중 고양이는 양쪽에 모두 투표했음이 나중에 밝혀지기도 했다. 메이저가 계속 이어서 말했다.

"이제 할 말이 별로 없습니다. 그저 거듭 말하자면, 인간과 인간들의 방식에 대해 적대감을 품는 것이 여러분의 의무라는 걸 기억하십시오. 무슨 일이 있어도 두 다리를 가진 자들은 적입니다. 무슨 일이 있어도 네 다리를 가진 자, 날개를 가진 자는 친구입니다. 그리고 이것도 기억하세요. 인간과 싸울 때, 우리가 그들을 닮아서는 안 된다는 것을요. 동물이 인간을 정복하더라도, 그들의 악덕을 답습해서는 안 된다는 것을요. 동물이라면 집에 사는 것, 침대에서 자는 것, 옷을 입는 것, 술을 마시는 것, 담배를 피우는 것, 돈을 만지는 것, 장사를 하는 것 모두 해서는 안 됩니다. 인간들의 습관은 모두 사악합니다. 그리고 무엇보다, 그 어떤 동물이라도 같은 동물을 탄압해서는 안 됩니다. 약하든 강하든, 똑똑하든 단순하든, 우린 모두 형제입니다. 동물은 절대 같은 동물을 죽여서는 안 됩니다. 모든 동물은 평등하니까요.

자, 동무들, 이제 지난밤 꿈에 대해 이야기하겠습니다. 이걸 어떻게 설명해야 할지 모르겠지만, 어젯밤 꿈은 이 땅에 인간이 사라진 후의 모습을 그리고 있었습니다. 그걸 보고 저는 오랫동안 잊고 있던 무언가가 떠올랐지요. 오래전 어린 돼지였을 때, 저희 엄마와 다른 돼지들이 즐겨 부르던 노래가 있었어요. 곡조와 처음 세 단어 가사만 아는 곡이었지요. 저도 어릴 때는 그 곡조를 알고 있었지만, 어느새 잊고 지낸 지 오래되었답니다. 그러던 중 어젯밤, 꿈속에서 그 노래가 떠올랐습니다. 더군다나 노래 가사까지 모두 떠오르더군요. 장담하건대, 오래전 동물들이 부르던 노래가 세대를 걸쳐 지나오며 기억 속에서 잊힌 모양이었어요. 지금 동무들 앞에서 이 노래를 불러보겠습니다. 이 몸이 늙어 목소리는 쉬었지만, 일단 곡조만 알려주면 여러분이 더 잘 부를 수 있을 겁니다. 제목은 〈영국의 동물들〉입니다."

메이저 영감은 목을 가다듬더니 노래를 부르기 시작했다.
자기 말대로 목이 쉬어 있었지만, 노래는 꽤 잘했다. 〈클레멘타
인〉과 〈라쿠카라차〉의 중간쯤 되는 감동적인 곡조였고 가사
는 다음과 같았다.

영국의 동물들이여, 아일랜드의 동물들이여,
세상 모든 곳의 동물들이여,
황금빛 미래의 기쁜 소식을
귀 기울여 들어라.

이제 곧 그날이 오리라.
폭군 인간은 타도되고,
영국의 비옥한 들판을
오로지 동물들만이 밟을 그날이.

코에서는 코뚜레가 제거되고
등에서는 마구가 벗겨지고
재갈과 박차는 영원히 녹슬고
잔혹한 채찍은 더 이상 소리 내지 못하리라.

상상할 수 있는 것보다 더 많은 부,

밀과 보리, 귀리와 건초,

토끼풀, 콩, 그리고 사탕무가

모두 그날 이후로 우리의 것.

영국의 들판에 밝은 빛이 비치리라.

더 깨끗한 물이 흐르고,

더 달콤한 바람이 불어오리라.

바로 우리가 자유로워지는 그날.

모두 그날 위해 노력하리,

부디 그날을 못 보고 죽을지라도.

젖소와 말, 거위와 칠면조,

모두 자유를 위해 피땀 흘려 일하리라.

영국의 동물들이여, 아일랜드의 동물들이여,

세상 모든 곳의 동물들이여,

황금빛 미래의 기쁜 소식을

귀 기울여 들어라.

이 노래를 들은 동물들은 모두 광란의 흥분 상태에 빠졌다. 메이저가 노래를 다 끝맺기도 전에, 자기들끼리 다시 부르기 시작했다. 제일 멍청한 동물들마저도 곡조와 일부 가사를 익혔고, 돼지나 개처럼 똑똑한 동물들은 몇 분 만에 노래를 통째로 외워버렸다. 잠시 후 몇 차례 연습을 한 끝에, 농장의 모든 동물들이 〈영국의 동물들〉을 큰 목소리로 제창했다. 젖소는 음매, 개는 낑낑, 양은 매애, 말은 히잉, 오리는 꽥꽥 노래를 불렀다. 너무 신이 난 동물들은 연달아 다섯 번이나 노래를 불렀고, 누가 말리지 않으면 밤새도록 노래를 계속 부를 기세였다.

안타깝게도 소란에 잠이 깬 존스 씨가 침대에서 벌떡 일어났다. 그는 마당에 여우가 나타난 게 분명하다고 믿고, 침실 귀퉁이에 늘 세워 놓은 총을 집어 들어 어둠 속으로 총알 여섯 발을 쏘았다. 총알이 헛간 벽에 박혔고, 회의는 서둘러 끝이 났다. 모두들 원래 자기 잠자리로 달아났다. 새들은 횃대로 뛰어 올라갔고, 다른 동물들은 지푸라기 위에 자리를 잡았다. 그렇게 농장 전체가 순식간에 잠이 들었다.

2

3일 후, 늙은 메이저는 자다가 평화롭게 세상을 떠났다. 그의 시체는 과수원 기슭에 묻혔다.

이게 3월 초의 일이었다. 그 후 3개월 동안 굉장히 비밀스러운 활동이 이어졌다. 메이저의 연설은 농장의 똑똑한 동물들에게 삶에 대한 완전히 새로운 관점을 심어주었다. 그들은 메이저가 예언한 반란이 언제 일어날지 알지 못했고, 그 반란이 자기들이 살아 있을 때 일어나리라고 생각할 근거도 없었다. 하지만 반란을 준비하는 것이 자신들의 임무라는 것을 명확히 알고 있었다. 다른 동물을 가르치고 조직하는 일은 자연스레 돼지들의 몫이 되었다. 다들 동물 중에 돼지가 가장 똑똑하다는 인식이 있었기 때문이다. 돼지들 중에서도 출중한 이들이 존스 씨가 나중에 내다 팔려고 키우고 있는 젊은 수퇘지, 스노우볼과 나폴레옹이었다. 나폴레옹은 크고, 다소 사나워 보이는 외모였으며, 농장 유일의 버크셔종 돼지였다. 그렇게 말이 많은 스타일은 아니었지만 묵묵히 자신의 길을 가는 것으로 평판이 높았다. 스노우볼은 나폴레옹보다 쾌활하고 말도 더 빠르고 더 창의적이지만, 나폴레옹만큼 깊이가 있다는 평가는 받지 못했다. 농장의 다른 수퇘지들은 모두 식용 돼지였다. 그중에서 가장 유명한 이는 스퀼러라는 이름의 조그맣고 통통한 돼지로, 매우 동그란 뺨에 반짝이는 눈, 민첩한 움직임, 얇은 목소리가 특징이었다. 그는 뛰어난 이야기꾼으로, 뭔가 어려운 문제에 대해 논쟁을 할 때는 좌우로 폴짝폴짝 뛰면서 꼬리를 치는 것이, 어쩐지 매우 설득력 있어 보였다. 다들 스퀼러라면 검은 것도 하얗게 만들 수 있다고 말할 정도였다.

이 셋이 메이저 영감의 가르침을 완전한 사상 체계로 만들었고, 여기에 '동물주의'라는 이름을 붙였다. 그들은 매일 밤, 존스 씨가 잠들고 나면 헛간에서 비밀회의를 열고 동물주의의 원칙을 다른 이들에게 자세히 설명했다. 처음에 그들은 무지와 무관심에 맞닥뜨렸다. 몇몇은 존스 씨에 대한 충성의 의무를 이야기했다. 그들은 존스 씨를 '주인님'이라고 부르거나 "존스 씨가 우리에게 밥을 주잖아. 그가 없으면 우린 굶어 죽고 말 거야." 같은 초보적인 발언을 했다. 또 어떤 이들은 "우리가 죽고 난 후의 일을 왜 신경 써야 해?" 혹은 "어쨌든 반란이 일어날 거라면, 우리가 그걸 위해 노력을 하는 것과 안 하는 게 어떤 차이가 있는 거야?" 같은 질문을 하기도 했다. 돼지들은 이런 게 모두 동물주의의 정신에 위배되는 것이라는 사실을 알려주는 데에 큰 어려움을 겪었다. 가장 바보 같은 질문은 흰 암말, 몰리의 입에서 나왔다. 몰리가 스노우볼에게 했던 질문은 바로 이거였다.

"반란 후에도 설탕이 있으려나?"

"아니, 이 농장엔 설탕을 만들 수단이 없어. 게다가 설탕이 꼭 필요한 것도 아니잖아. 너에게 필요한 귀리와 건초는 그때도 있을 거야."

"그러면 내 갈기에 리본은 계속 달아도 되는 거지?"

몰리가 물었다.

"동지, 네가 그렇게 소중하게 생각하는 리본은 노예의 상징이야. 자유가 리본보다 더 중요하다는 걸 이해하지 못하겠어?"

스노우볼이 말했다.

몰리는 스노우볼의 말에 동의했지만, 정말 확신하는 것 같지는 않았다.

그보다 돼지들은 모지스가 퍼트리는 거짓말을 수습하느라 훨씬 더 애를 먹었다. 길들인 큰까마귀 모지스는 존스 씨의 특별한 애완동물로 첩자이자 고자질쟁이였지만, 그 역시 똑똑한 이야기꾼이었다. 그는 모든 동물이 죽으면 가게 된다는 슈가캔디 마운틴이라는 신비한 나라의 존재를 알고 있다고 주장했다. 모지스 말로는 하늘 위 어딘가, 구름 너머 조금 더 먼 곳에 그곳이 있다고 했다. 슈가캔디 마운틴에서는 일주일에 7일이 일요일이고, 일 년 내내 토끼풀이 자라고 있으며, 산울타리에는 각설탕과 아마씨 케이크가 자라고 있다고 했다. 동물들은 모지스가 말만 많고 일은 하지 않는다는 이유로 그를 싫어했다. 하지만 몇몇은 슈가캔디 마운틴을 믿게 되었고, 돼지들은 그런 곳은 존재하지 않는다며 그들을 설득하기 위해 무척이나 애를 써야만 했다.

돼지들의 가장 충성스러운 제자들은 마차 끄는 말인 복서와 클로버였다. 이 둘은 스스로 무언가를 생각해 내는 데에는 큰 어려움을 겪었지만, 일단 돼지들을 스승으로 받아들이고 난 뒤에는, 그들이 말한 모든 것을 그대로 흡수하고 다른 동물들에게도 그 내용을 간단하게 전달해 주었다. 둘은 헛간에서 열리는 비밀회의에 빠짐없이 참석했고, 회의가 끝나고 나면 앞장서서 〈영국의 동물들〉을 불렀다.

이제 반란은 예상했던 것보다 훨씬 일찍, 그리고 훨씬 수월하게 달성될 것으로 보였다. 지난 몇 해 동안 존스 씨는 비록 깐깐한 주인이기는 하지만 그래도 능력 있는 농부였으나, 최근 들어 끔찍한 나날을 보내고 있었다. 그는 소송으로 돈을 잃은 후 크게 낙담한 나머지, 과할 정도로 술을 많이 마시게 되었다. 어떨 때는 몇 날 며칠 동안 부엌에 있는 등 높은 의자에 축 늘어져 앉아 신문을 읽고 술을 마시다, 이따금 모지스에게 맥주에 적신 빵 조각을 주며 시간을 보냈다. 그의 일꾼들은 게으르고 정직하지 못했다. 그러다 보니 어느새 들판엔 잡초가 그득하고, 헛간 지붕은 망가졌으며, 산울타리는 그 누구도 거들떠보지 않았고, 동물들은 제대로 먹지를 못했다.

6월이 오자 건초를 벨 때가 되었다. 하지 하루 전날인 토요일, 존스 씨는 윌링던에 갔다가 레드 라이온이라는 술집에서 술을 마셨고 너무 취해 일요일 한낮까지 집에 돌아오질 않았다. 일꾼들은 아침 일찍 소젖을 짜고, 동물들에게 먹이를 주지도 않은 채 토끼 사냥을 나가버렸다. 집에 돌아온 존스 씨는 곧장 〈세계의 뉴스〉 신문지를 얼굴에 얹은 채 응접실 소파에서 잠이 들어버렸고, 저녁이 될 때까지도 동물들은 쫄쫄 굶고 있었다. 이제 동물들도 더 이상 참을 수가 없었다. 젖소 한 마리가 뿔로 창고 문을 부서뜨렸고, 모든 동물들이 안으로 들어가 통에 들어 있던 사료를 먹기 시작했다. 존스 씨가 일어난 건 바로 그때였다. 그와 일꾼 네 명은 손에 든 채찍을 사방으로 휘두

르며 창고로 들어왔다. 배고픈 동물들에게 이런 행동은 도저히 견딜 수 없는 것이었다. 미리 계획을 짠 것도 아니었는데, 동물들은 모두 합심해서 인간들에게 덤벼들었다. 존스 씨와 일꾼들은 순식간에 이리저리 밟히고 걷어차였다. 거의 통제가 되지 않는 상황이었다. 그들은 동물들이 이렇게 행동하는 걸 본 적이 없었다. 자신들이 마음대로 때리고 학대하던 동물들이 갑작스럽게 폭동을 일으키자, 그들은 너무 놀라 정신을 잃을 지경이었다. 얼마 안 가 그들은 저항을 포기하고 줄행랑을 쳤다. 그들은 큰길로 이어져 있는 마찻길로 전속력으로 달려 나갔고, 동물들은 기세등등한 모습으로 그들을 추격했다.

존스 부인은 침실 창문을 통해 밖에서 일어나고 있는 일을 확인했다. 그녀는 서둘러 여행용 가방에 소지품 몇 개를 챙겨 넣고는 다른 길을 통해 농장을 빠져나갔다. 모지스가 횃대에 뛰어오르더니 큰 소리로 깍깍 울면서 부인을 쫓아 날아갔다. 한편 존스와 일꾼들을 큰길까지 쫓아낸 동물들은 빗장이 다섯 개나 되는 정문을 쾅 닫아버렸다. 도대체 무슨 일이 벌어지고 있는 건지 알아채기도 전에 반란이 성공적으로 완수되었다. 존스는 추방당했고, 장원농장은 동물들이 것이 되었다.

처음 몇 분 동안 동물들은 자신들이 이렇게 운이 좋다는 게 믿기지 않았다. 그들이 가장 먼저 한 행동은 무리 지어 농장

경계를 쭉 도는 것이었다. 혹시나 어딘가에 인간이 숨어 있지 않은지 확인하기 위해서였다. 그다음 그들은 다시 농장 건물로 달려와, 증오해 마지않는 존스의 통치 흔적을 싹 치워버렸다. 동물들은 마구간 끄트머리에 있는 마구 보관 장소를 부수고 들어갔다. 그리고 코뚜레, 개 목줄, 돼지와 양을 거세할 때 사용했던 잔인한 칼 등 모두를 우물에 집어 던졌다. 고삐, 굴레, 눈가리개, 모멸적인 꼴망태는 마당에서 불타고 있는 쓰레기 더미에 던졌다. 채찍도 마찬가지였다. 채찍이 불길에 휩싸이는 걸 보자 모든 동물들은 기쁨에 껑충거렸다. 스노우볼은 장이 서는 날, 말의 갈기와 꼬리를 장식하는 데 사용했던 리본들도 전부 다 불 속에 집어던져 버렸다.

"리본은 옷이나 마찬가지야. 다 인간의 흔적이지. 모든 동물은 벌거벗고 다녀야 해."

그 말을 들은 복서는 여름 동안 귀에 들러붙는 날파리를 피하려고 썼던 조그만 밀짚모자를 가져오더니, 역시나 불구덩이에 던져 넣었다.

순식간에 동물들은 존스 씨를 떠올리게 하는 모든 물건들을 다 없애버렸다. 나폴레옹은 동물들을 헛간으로 불러 모으더니 평소 보급량의 두 배나 되는 옥수수를 나눠주고, 개들에게는 비스킷을 두 개씩 주었다. 그런 후에는 〈영국의 동물들〉을 쉬지도 않고 일곱 번이나 연속해서 불렀다. 각자 잠자리로 돌아간 동물들은 마치 잠이라는 걸 처음 자는 듯 단잠을 잤다.

하지만 동물들은 평소처럼 새벽에 눈을 떴다. 그러고는 어젯밤 있었던 영광스러운 사건을 기억해 내고, 다 함께 목장으로 달려 나갔다. 목장 조금 아래에는 농장을 거의 한눈에 내려다볼 수 있는 언덕이 하나 있었다. 동물들은 언덕 꼭대기에 올라 청명한 아침 햇살 아래 주위를 둘러보았다. 그렇다, 이제 이곳은 동물들의 것이었다. 눈에 보이는 모든 것들이 그들의 것이었다! 그 생각에 황홀해진 동물들은 빙글빙글 뛰어다니기도 하고, 흥분해서 공중으로 풀쩍 뛰어오르기도 했다. 그들은 이슬 맺힌 풀밭을 뒹굴고, 달콤한 여름의 풀을 뜯어먹고, 시커먼 흙덩어리를 발로 차서 그 묵직한 냄새를 킁킁거렸다. 그런 다음 동물들은 농장 전체를 견학했다. 경작지, 건초용 풀밭, 과수원, 웅덩이, 작은 숲까지 말없이 감탄하며 살폈다. 마치 전에는 본 적 없는 것 같은 느낌이 들었고, 이게 다 자신들의 것이라는 사실이 믿기지가 않았다.

다시 농장 건물로 돌아온 동물들은 존스 부부가 살던 농가 문 앞에 조용히 멈춰 섰다. 이 집도 그들의 것이었지만 어쩐지 안에 들어가기가 겁이 났다. 하지만 잠시 후 스노우볼과 나폴레옹이 어깨로 문을 들이받아 열었고, 동물들이 한 줄로 서서 집에 들어갔다. 그러고는 혹시나 뭔가를 건드리기라도 할까 봐 두려워하면서 극도로 조심조심 걸음을 옮겼다. 그들은 발끝으로 살금살금 걸으며 방을 옮겨 다녔고 혹시나 말소리가 커질까 봐 조심했다. 그러다 깃털 매트리스가 깔린 침대, 거울, 브뤼셀풍 카펫, 말털 소파, 거실 벽난로 위에 걸려 있는 빅토리아 여왕의 석판화 같이 믿기 어려울 정도의 사치품을 일종의 경외감을 품고 바라보았다. 다시 계단을 내려온 동물들은 몰리가 사라진 걸 발견했다. 다시 2층으로 올라가 보니, 몰리는 제일 큰 침실에 혼자 남아 있었다. 그녀는 존스 부인의 화장대에 놓여 있던 파란 리본을 어깨에 두르고는 매우 바보 같은 모습으로 거울 속에 비친 자신의 모습에 감탄하고 있었다. 동물들은 몰리를 신랄하게 비난하며 밖으로 데리고 나왔다. 부엌에 걸려 있던 햄은 가지고 나와 땅에 묻었고, 주방에 있던 맥주통은 복서가 발굽으로 차서 산산조각 냈다. 하지만 그 외 다른 것들은 건드리지 않았다. 농가는 박물관처럼 그대로 보존해야 한다는 결의안이 그 자리에서 만장일치로 통과되었다. 어떤 동물이라도 여기에선 살 수 없다는 것에 모두가 동의했다.

동물들은 아침을 먹었다. 스노우볼과 나폴레옹이 다시 동물들을 소집했다.

"동무들, 이제 여섯 시 반이고 우리에겐 기나긴 하루가 기다리고 있습니다. 오늘 우리는 건초 수확을 시작할 겁니다. 그런데 먼저 신경 써야 할 문제가 또 하나 있습니다."

스노우볼이 말했다.

돼지들은 이제야 밝히는 거지만 사실 지난 석 달 동안 스스로 읽고 쓰기를 배웠다고 말했다. 존스 씨의 아이들이 쓰다가 쓰레기 더미에 던져 놓은 낡은 철자 책으로 공부를 했다고 했다. 나폴레옹은 흰색, 검은색 페인트 통을 가지고 오라고 하더니 큰길로 이어지는 빗장 다섯 개 달린 정문을 향해 앞장을 섰다. 그러더니 스노우볼이 (쓰기를 제일 잘하는 건 스노우볼이었기 때문이다) 앞발 발가락 사이에 붓을 끼우고 정문 맨 위 빗장에 쓰여 있던 '장원농장' 글씨를 지우고 대신 '동물농장'이라고 써 넣었다. 이것이 이제부터 이 농장의 이름이었다. 그 후 동물들은 농장 건물로 다시 돌아왔고, 스노우볼과 나폴레옹이 사다리를 가져오라고 하더니 그것을 큰 헛간 한쪽 벽에 세워 두게 했다. 그들은 지난 3개월간의 연구를 통해 동물주의의 원칙과 일곱 계명을 추리는 데 성공했다고 말했다. 이제 그 일곱 계명을 벽에 적어놓을 것이며, 이것이 동물농장의 모든 동물이 영원히 지켜야 하는 불변의 법칙이 될 거라고 설명했다 (돼지가 사다리에서 균형을 잡는 게 쉽지 않았기에) 스노우볼은 어렵사리 사다리를 타고 올라가 작업을 시작했다. 스퀼러가 몇 단 밑에서 페인트 통을 들고 대기했다. 스노우볼은 30야드 밖에서도 알아볼 수 있게 타르를 바른 시커먼 벽에 하얗고 큰 글씨로 일곱 계명을 적었다. 그 내용은 다음과 같았다.

일곱 계명

두 다리로 걷는 것은 무엇이든 적이다.

네 다리로 걷거나, 날개를 가진 것은 무엇이든 친구이다.

어떤 동물도 옷을 입어서는 안 된다.

어떤 동물도 침대에서 잠을 자서는 안 된다.

어떤 동물도 술을 마셔서는 안 된다.

어떤 동물도 다른 동물을 죽여서는 안 된다.

모든 동물은 평등하다.

굉장히 깔끔하게 쓰여 있었다. '친구friend'의 철자를 'freind'로 적었다거나, 몇몇 S의 방향이 반대인 것만 빼면 철자도 모두 정확했다. 스노우볼은 다른 동물들을 위해 큰 소리로 읽어주었다. 동물들은 완벽히 동의한다며 고개를 끄덕였고, 개중에서 똑똑한 이들은 일곱 계명을 통째로 외우기 시작했다.

스노우볼이 붓을 던지며 외쳤다.

"자, 동무들, 건초용 풀밭으로 갑시다! 그래서 존스와 일꾼들보다 더 빨리 수확을 끝내는 영광을 누립시다!"

그런데 바로 이 순간, 계속해서 불편한 기색을 내비치던 젖소 세 마리가 큰 소리로 울기 시작했다. 24시간 동안 젖을 짜지 못했던 탓에 젖통이 터지기 일보 직전이었기 때문이다. 잠시 고민을 하던 돼지들은 양동이를 가져오게 한 뒤, 상당히 성공적으로 젖을 짰다. 돼지들의 발이 이 일을 하기에 꽤나 적합했기 때문이다. 곧 하얀 거품이 낀 크림색 우유가 다섯 양동이나 찼고, 동물들은 꽤나 흥미 있게 그 모습을 지켜보았다.

"이 우유는 이제 다 어떻게 되는 거야?"

누군가 물었다.

"존스 씨는 우리 사료에 그걸 좀 섞어주곤 했어."

암탉 한 마리가 말했다.

나폴레옹이 양동이 앞에 서서 큰 소리로 외쳤다.

"우유는 신경 쓰지 마세요, 동무들! 잘 처리할 겁니다. 지금은 건초 수확이 더 중요합니다. 우리들의 동무 스노우볼이 앞장설 거예요. 저도 몇 분 안에 쫓아갈게요. 동무들, 모두 출발! 건초가 기다리고 있습니다."

그리하여 무리 지어 건초 풀밭에 도착한 동물들은 수확을 시작했다. 그리고 저녁이 되어 다시 돌아왔을 때, 우유가 다 사라진 것을 발견하게 되었다.

3

다들 건초를 거둬들이기 위해 얼마나 열심히 땀을 흘리며 일했는지 모른다! 하지만 그들은 노력한 만큼 보상을 받았다. 기대 이상으로 훨씬 성공적인 수확을 거뒀기 때문이다.

때때로 힘들기도 했다. 도구들은 모두 동물이 아니라 인간을 위해 설계된 것이었다. 뒷다리로 서야만 사용이 가능한 도구를 쓸 수 있는 동물이 아무도 없다는 것이 크나큰 문제점이었다. 하지만 돼지들은 무척 똑똑했기에, 어떤 문제가 생겨도 그 해결책을 생각해 낼 수 있었다. 말의 경우에는 밭의 구석구석을 잘 알고 있었고, 사실상 존스와 일꾼들보다 풀베기와 갈퀴질을 더 잘 알고 있었다. 돼지들은 실제로 일을 하지는 않으면서, 대신 다른 동물들에게 지시를 내리고 감독을 했다. 워낙

지식이 뛰어났기에 돼지들이 지휘권을 갖는 것이 당연하게 느껴졌다. 복서와 클로버는 스스로 절단기나 갈퀴를 몸에 매고 (당연히 재갈이나 고삐는 필요하지 않았다) 밭을 빙글빙글 돌며 꾸준히 걸었다. 그러면 돼지 한 마리가 그 뒤를 따라 걸으면서, 상황에 따라 "이랴, 동무!", "워워, 동무!"라고 소리를 쳐주었다. 가장 작은 동물들까지 빠짐없이 모두 건초를 베고 모으는 일에 동참했다. 심지어 오리와 암탉들도 부리로 조그만 건초 조각을 옮기며, 땡볕에서 왔다 갔다 애를 썼다. 결국 그들은 존스와 일꾼들이 평소 하던 것보다 이틀이나 빨리 건초 작업을 끝내게 되었다. 게다가 수확량도 지금까지 중 가장 많았다. 낭비가 전혀 없었다는 뜻이었다. 날카로운 눈을 가진 암탉과 오리들이 마지막 한 줄기까지 빠짐없이 모아준 덕분이었다. 그리고 단 한 입도 몰래 훔쳐 먹는 동물이 없었다는 뜻이기도 했다.

여름 내내 농장 작업은 순조롭게 진행되었다. 동물들은 가능하리라고 상상하지도 못했던 행복을 누렸다. 먹이 한 입, 한 입이 긍정적인 기쁨으로 다가왔다. 이 모든 게 주인이 마지못해 조금씩 나눠주는 게 아니라, 동물들이 직접 자신들을 위해 수확한 것, 온전히 그들의 것이었기 때문이다. 쓸모없는 기생충 같은 인간이 사라졌기 때문에 다들 먹을 게 늘어났다. 비록 지금까지 경험하지 못했던 것이지만 여가 시간도 늘어났다. 그러나 어려움도 많이 겪었다. 예를 들어 그해 가을에 옥수수를 수확할 때 일이었다. 농장에 탈곡 기계가 없는 관계로 동물들은 원시적인 방법으로 옥수수를 밟아 낱알을 떼어내고 또 입으로 후후 불어 껍질을 날려야 했다. 하지만 그들에게는 현명한 돼지들과 어마어마한 근육의 복서가 있기에 늘 어려움을 헤쳐 나갈 수 있었다. 복서는 모두의 존경을 받았다. 그는 존스가 있을 때도 유능한 일꾼이었지만, 지금은 혼자서 말 세 마리 몫의 일을 하는 듯했다. 농장의 모든 일들이 그의 튼튼한 어깨에 달려 있던 때도 있었다. 복서는 아침부터 밤까지 뭔가를 끌고 당겼으며, 가장 힘든 일이 있는 현장에는 늘 그가 있었다. 그는 어린 수탉 한 마리에게 아침마다 다른 이들보다 30분 일찍 깨워달라고 부탁했다. 그리고 자신의 하루 일과를 시작하기 전에, 자신의 도움이 필요해 보이는 곳에 어디든 자진해서 참여했다. 무슨 문제가 생겨도, 무슨 차질이 생겨도 그의 대답은 "난 더 열심히 일할 거야!"였다. 아마도 이 대답을 자신의 좌우명으로 삼은 듯했다.

다른 동물들도 각자의 능력에 맞게 일을 했다. 예를 들어 암탉과 오리는 흩어진 낱알들을 모으는 것만으로 10말 정도를 모았다. 아무도 도둑질을 하지 않았고, 아무도 자기 배급량에 불만을 품지 않았다. 옛날 같으면 일상생활이었을 말다툼, 물어뜬기, 질투가 거의 사라졌다. 아무도 게으름을 피우지 않았다. 아니, 거의 아무도. 솔직히 몰리는 아침 일찍 일어나질 못했고, 발굽에 돌멩이가 끼었다며 작업 현장을 빨리 떠나는 버릇이 있었다. 고양이들의 행동도 다소 독특했다. 뭔가 해야 할 일이 있을 때마다 고양이는 절대 나타나지 않는다는 사실이 곧 드러났다. 고양이는 몇 시간 동안 사라졌다가 일이 다 끝난 저녁 시간이나 밥 때가 되면 다시 나타났다. 하지만 고양이는 변명을 기가 막히게 했고, 또 너무 사랑스럽게 갸르릉 거렸기 때문에, 그녀에게 나쁜 의도가 있었을 거라고 생각하지 않았다. 늙은 당나귀 벤자민은 반란 이후 딱히 달라진 게 없어 보였다. 존스가 있었을 때와 마찬가지로 느리고 집요한 방식으로 일을 했으며, 딱히 게으름을 피우지도, 그렇다고 앞장서서 일을 하지도 않았다. 반란이나 그 결과에 대해서도 결코 자신의 의견을 내비치지 않았다. 존스가 없어진 후 더 행복해지지 않았냐는 질문에도 "당나귀는 오래 살아. 너희들 중 아무도 죽은 당나귀를 본 적이 없을걸."이라고 대답할 뿐이었기에, 다들 이 아리송한 대답에 만족할 수밖에 없었다.

일요일엔 일이 없었다. 평소보다 한 시간 늦게 아침을 먹고, 아침 식사 후에는 어김없이 매주 지키는 의식이 있었다. 우선 깃발을 올리는 것이었다. 스노우볼은 마구 보관 방에서 존스 부인이 쓰던 낡은 초록색 식탁보를 발견했고, 거기에 흰색으로 발굽과 뿔을 그려 넣었다. 이것을 매주 일요일 아침마다 농가 앞 정원에 있는 깃대에 매달았다. 스노우볼은 설명했다. 깃발의 초록색은 영국의 초록 들판을 나타내며, 발굽과 뿔은 마침내 인간이 타도되었을 때 생겨날 동물 공화국을 상징한다고 말이다. 깃발 게양 후에는 모든 동물이 큰 헛간에 모여 회의라고 불리던 총회를 열었다. 여기서 다음 주에 할 일을 계획하고, 결의안도 제출하고, 토론도 했다. 결의안을 제출하는 이들은 늘 돼지들이었다. 다른 동물들도 투표하는 법은 이해하고 있었지만, 그들만의 결의안을 생각할 줄은 몰랐다. 토론에서 가장 활발한 이는 단연코 스노우볼과 나폴레옹이었다. 하지만 이 둘은 늘 의견이 달랐다. 둘 중 하나가 무슨 제안을 하든, 다른 하나는 그 반대 의견을 주장하는 식이었다. 과수원 너머 작은 방목장에다 일할 나이가 지난 동물들의 요양원을 짓자는 내용이 결의되었을 때, 이 자체로는 반대 의견이 나올 수 없는 사안이었으나, 동물들의 종에 따른 정확한 은퇴 연령을 두고 격렬한 논쟁이 벌어졌다. 회의는 늘 〈영국의 동물들〉을 부르는 것으로 끝이 났고, 오후엔 휴식 시간이 주어졌다.

돼지들은 마구 보관 방을 자신들의 본부로 사용했다. 저녁이 되면 돼지들은 이곳에서 대장장이 일, 목수 일, 그 외 농가에서 가져온 책에 나온 필수적인 기술들을 익혔다. 스노우볼은 동물 위원회라는 이름으로 동물들을 분류하느라 바빴다. 그는 지칠 줄 모르고 이 일에 열심이었다. 그는 암탉들을 위한 '달걀 생산 위원회', 젖소들을 위한 '깨끗한 꼬리 연합', '야생 동물들의 재교육 위원회'(목표는 생쥐와 토끼를 길들이는 것), 양을 위한 '더 하얀 양털 운동'을 만들었고, 읽고 쓰기를 위한 수업도 열었다. 그러나 이런 프로젝트들은 다 실패하고 말았다. 예를 들어 야생 동물을 길들이려는 시도는 거의 시작과 동시에 망해버렸다. 동물들은 예전과 다름없이 행동했고, 너그럽게 대해주면 그걸 이용해먹기만 했다. 고양이는 재교육 위원회에 가입하여 며칠 동안 아주 활발하게 활동했다. 어느 날 고양이가 지붕 위에 앉아 제법 떨어진 위치의 제비들과 대화를 나누고 있었다. 고양이는 모든 동물이 자신의 동무라며, 원하는 제비는 누구든 날아와 자기 발 위에 앉아도 좋다고 말했지만, 제비들은 끝까지 거리를 유지했다.

하지만 읽고 쓰기 수업은 큰 성공이었다. 가을이 되자 농장의 거의 모든 동물이 어느 정도는 글을 읽고 쓸 줄 알게 되었다.

돼지들은 이미 완벽하게 읽고 쓸 줄 알았다. 개들은 읽기를 꽤나 잘 배웠지만, 일곱 계명 말고 다른 걸 읽는 데에는 별 관심이 없었다. 염소 뮤리엘은 개보다 좀 더 잘 읽었고, 저녁이 되면 쓰레기 더미에서 찾은 신문지 조각을 다른 동물들에게 읽어주기도 했다. 벤자민은 여느 돼지들만큼 읽을 줄 알았지만, 절대 자신의 능력을 드러내지 않았다. 그는 자기가 아는 한, 읽을 만한 가치가 있는 게 아무것도 없다고 했다. 클로버는 알파벳은 다 익혔지만 단어를 조합할 줄은 몰랐다. 복서는 D 이후로 진도가 나가지 않았다. 흙바닥에 커다란 발굽으로 A까지는 그릴 줄 알았지만 그 뒤로는 귀를 머리에 붙이고 글자를 쳐다보았고, 가끔은 앞갈기를 흔들어댔다. 다음 올 알파벳을 기억해 내기 위해 온 힘을 다 해도 결국은 실패로 끝났다. 사실 몇 번이나 E, F, G, H를 배웠다. 하지만 그때쯤이면 어김없이 A, B, C, D를 다시 까먹어버린다는 게 밝혀졌다. 결국 그는 알파벳 네 개에 만족하기로 했고, 그마저도 기억을 새롭게 하기 위해 매일 한두 번씩 써보곤 했다. 몰리는 자기 이름 말고는 그 어떤 알파벳도 배우기를 거부했다. 몰리는 잔가지 조각으로 예쁘게 이름을 만들어 놓고 꽃 한두 송이로 장식까지 한 다음, 감탄하면서 주위를 돌았다.

농장의 다른 동물들은 A 이상 진도가 나가지 않았다. 양, 암탉, 오리같이 어리석은 동물들은 일곱 계명도 외우지 못한다는 게 밝혀졌다. 오랜 고심 끝에 스노우볼은 일곱 계명은 사실상 딱 하나의 격언으로 요약할 수 있다고 선언했다. 바로 '네

발은 좋고 두 발은 나쁘다'였다. 스노우볼은 여기에 동물주의
의 핵심 원칙이 포함되어 있다고 말했다. 이것만 철저하게 이
해하고 있으면 누구든 인간의 영향으로부터 안전할 거라 했다.
처음에는 새들이 자기들도 두 발로 걷는다며 반대를 했지만,
스노우볼은 그런 게 아니라며 증명을 해 보였다.

"동무들, 새의 날개는 조작을 위한 것이 아니라 추진을 위한
기관입니다. 그러므로 다리로 봐야 하지요. 인간의 특징적인
표시는 바로 손입니다. 모든 악행을 저지르는 수단이 이 손이
란 말이지요."

스노우볼이 말했다.

새들은 스노우볼의 긴 말을 다 이해하지 못했지만, 그의 설
명을 받아들였다. 그리하여 모든 미천한 동물들은 새로운 격
언 외우기에 돌입했다. 헛간 한쪽 벽에 쓰여 있는 일곱 계명 위
에, '네 발은 좋고 두 발은 나쁘다'를 더 큰 글씨로 적었다. 양들
은 이 격언을 외우자마자 굉장히 마음에 들어 하더니, 들판에
누워서도 '네 발은 좋고 두 발은 나쁘다!'를 몇 시간이고 지치
지도 않고 외쳐댔다.

나폴레옹은 스노우볼이 위원회에 아무 관심이 없었다. 그
는 이미 다 자란 동물들을 교육하는 것보다 어린 동물들의 교
육이 더 중요하다고 말했다. 제시와 블루벨은 건초 수확 직후

새끼를 출산하여 모두 아홉 마리의 건강한 강아지를 낳았다. 강아지들이 젖을 떼자마자, 나폴레옹은 이제 그들의 교육은 자신이 책임지겠다며 새끼들을 어미에게서 분리했다. 그는 마구 보관 방에서 사다리를 타고 올라가야만 접근이 가능한 다락방에다 강아지들을 옮긴 뒤 격리해 놓았고, 곧 농장의 다른 동물들은 그들의 존재를 잊고 말았다.

우유가 어디로 사라졌는지 그 비밀이 곧 풀렸다. 매일 돼지들의 사료에 섞여 들어간 것이다. 이제 사과가 익어가고 과수원 풀밭에는 바람에 떨어진 사과가 이리저리 흩어져 있었다. 동물들은 마땅히 이 과일을 동등하게 나누어야 한다고 생각했다. 하지만 어느 날 돼지들이 사용할 데가 있으니 바람에 떨어진 과일을 모두 주워 마구 보관 방으로 가지고 오라는 명령이 떨어졌다. 몇몇 동물들이 불만을 표시하기도 했지만 소용이 없었다. 모든 돼지들, 심지어 스노우볼과 나폴레옹까지 여기에 전적으로 동의했기 때문이다. 돼지들은 상황 설명을 위해 스퀼러를 내보냈다.

"동무들! 설마 우리 돼지들이 이기심과 특권 의식 때문에 이런 행동을 하는 거라고 상상하고 계신 건 아니겠지요? 사실 우리는 우유와 사과를 싫어합니다. 저도 마찬가지예요. 우리가 이것들을 가져가는 유일한 목적은 바로 건강 유지 때문입니다. 우유와 사과는 돼지들의 복지에 굉장히 필수적인 성분을 포함하고 있습니다. (이건 과학으로 증명된 겁니다, 동무들.) 우리 돼지들은 정신노동자입니다. 이 농장 전체의 관리와 조직이 우리에게 달려 있습니다. 우리는 밤낮으로 여러분의 행복을 보살핍니다. 우리가 우유를 마시고 사과를 먹는 건 다 여러분을 위해서인 겁니다. 돼지들이 제 임무를 다하지 못하면 어떻게 되는지 아십니까? 존스가 다시 돌아올 겁니다! 네, 존스가 돌아올 거라고요! 분명합니다, 동무들."

스퀄러는 좌우로 깡충깡충 뛰고 꼬리를 흔들며 거의 애원하듯 소리를 질렀다.

"설마 이 중에서 존스가 다시 돌아오기를 바라는 동무는 없겠지요?"

지금 동물들이 전적으로 확신하는 게 한 가지 있다면, 그건 바로 존스가 돌아오기를 원하지 않는다는 것이었다. 그러다 보니 이 이야기를 꺼내자 동물들은 더 이상 할 말이 없었다. 돼지들의 건강 유지는 너무나 중요하게 보였다. 그래서 더 이상의 논쟁도 없이 우유와 떨어진 사과(다 익은 사과 수확물까지 모두)는 돼지들을 위해 비축해두어야 한다는 내용이 합의가 되었다.

4

늦여름이 되자 동물농장에서 벌어진 일에 대한 소식이 그 주의 절반 정도까지 퍼져 나갔다. 스노우볼과 나폴레옹은 매일같이 비둘기들을 날려 보냈다. 그 둘이 비둘기들에게 내린 지령은 이웃 농장에 있는 동물들과 말을 섞고, 그들에게 반란 이야기를 전해주고, 〈영국의 동물들〉 노래를 가르쳐 주는 것이었다.

존스 씨는 이 시기 대부분의 시간을 윌링던에 있는 레드 라이온 바에 앉아 보냈다. 그는 자기 말을 들어주는 사람이면 아무나 붙잡고 그가 겪었던 말도 안 되는 부당함, 즉 아무짝에도 쓸모없는 동물들 패거리에게 자기 재산을 빼앗긴 이야기를 불평처럼 털어놓았다. 다른 농장 주인들은 대체로 그를 동정했지만, 그렇다고 그에게 큰 도움을 주지는 않았다. 다들 남몰래 마음속으로는 존스 씨의 불행을 자신의 이익으로 돌릴 수 있지 않을까 궁금해했다. 동물농장과 인접한 두 농장의 주인들이 계속 사이가 좋지 않은 건 행운이었다. 둘 중 폭스우드라는 농장은 크기는 크지만 제대로 관리가 되어 있지 않은 구식 농장이어서, 숲이 농장 안까지 침범한 데다 목장은 황폐했으며 울타리는 부끄러울 정도의 상태였다. 그곳의 주인 필킹턴 씨는 게으른 신사 농부로 계절에 따라 낚시와 사냥을 하며 대부분의 시간을 보냈다. 핀치필드라는 이름의 또 다른 농장은 규모는 작지만 관리가 더 잘 되어 있었다. 그곳 주인 프레데릭 씨는 거칠고 빈틈없는 인간으로, 끊임없이 소송에 연루되어 있었고 늘 유리한 조건으로 거래를 하는 것으로 이름이 나 있었다. 이 두 사람은 서로를 너무 싫어했기에, 공통된 이익을 지키는 문제에서조차 합의를 보는 데에 어려움을 겪었다.

그렇지만 두 사람은 동물농장의 반란에 심각하게 충격을 받았고, 자기 농장의 동물들이 그런 것들을 너무 많이 배울까 봐 불안해했다. 처음에 두 사람은 동물들이 스스로 농장을 관리한다는 게 말도 안 된다며 웃어넘기려 했다. 그들은 2주만 지나면 모든 게 다 끝장날 거라고 말했다. 장원농장(그들은 끝까지 장원농장이라고 부르기를 고집하며 '동물농장'이라는 이름은 용인

하려 하지 않았다)의 모든 동물들이 끊임없이 서로 싸우다 머지 않아 굶어 죽을 거라고 했다. 하지만 시간이 흐르고 누가 봐도 동물들이 굶어 죽지 않자, 프레데릭과 필킹턴은 생각을 바꿔 지금 동물농장에 성행하고 있는 끔찍한 악행에 대해 떠들기 시작했다. 그곳의 동물들이 동족 포식을 일삼으며, 시뻘겋게 달군 편자로 서로를 고문하고, 암컷들을 서로 공유한다면서 말이다. 프레데릭과 필킹턴은 자연의 법칙을 거스른 반란 때문에 이런 일이 벌어졌다고 말했다.

하지만 사람들은 이런 이야기를 곧이곧대로 믿지 않았다. 인간은 쫓겨나고 동물들이 스스로 일을 처리한다는 이 놀라운 농장의 소문은 막연하고 왜곡된 형태로 계속 퍼져나갔다. 그리고 일 년이 지나자 반란의 움직임이 그 지역 전체에 번졌다. 늘 다루기 쉽던 수소가 갑자기 난폭하게 변했고, 양은 산울타리를 부수고 클로버를 다 먹어 치웠다. 젖소는 들통을 차서 넘어트리고, 말들은 장애물 넘기를 거부하며 자기 등에 탄 사람을 옆으로 던져버렸다. 무엇보다 〈영국의 동물들〉이라는 노래와 가사가 각지에 알려졌다. 가히 놀라운 속도로 여기저기 퍼져 나갔다. 인간들은 그저 우스운 상황이라고 생각하는 척하면서도, 노래를 들을 때마다 분노를 참지 못했다. 그들은 어떻게 동물들마저 그런 경멸스러운 쓰레기를 노래하게 되었는지 모르겠다며 이해할 수 없다고 했다. 그 노래를 부르다 걸린 동물들은 그 자리에서 매질을 당했다. 하지만 그렇게 해도 노래를 막을 수는 없었다. 찌르레기들은 산울타리 안에서, 비둘기들은 느릅나무 안에서 그 노래를 불렀고, 어느새 대장간의 소음과 교회 종소리 곡조와 뒤섞였다. 그 노래를 들은 인간들은 미래의 운명에 대한 예언을 들으며 남몰래 두려움에 떨었다.

10월 초가 되니 베어놓은 옥수수가 탑을 이루었다. 일부는 벌써 타작이 끝난 상태였다. 비둘기 떼가 날아오더니 잔뜩 흥분한 상태로 동물농장 마당에 앉았다. 존스와 그의 일꾼들, 그리고 폭스우드와 핀치필드에서 온 여섯 명의 사람들이 빗장이 다섯 개 달린 정문으로 들어와, 농장으로 이어지는 비포장도로에 들어섰다는 것이다. 존스를 제외한 모든 사람이 몽둥이를 들고 있었고, 존스는 총을 들고 앞장서고 있다고 했다. 누가 봐도 농장을 다시 손에 넣으려는 시도로 보였다.

오랫동안 예상했던 일이었고, 모든 준비 또한 끝난 상황이었다. 스노우볼이 방어 작전의 책임자였다. 그는 농가에서 발견한 율리우스 카이사르의 군사 작전 책을 읽고 공부를 한 몸이었다. 그는 재빨리 명령을 내렸고, 이삼 분 만에 모든 동물들이 자기가 맡은 자리로 갔다.

인간들이 농장 건물로 다가오자, 스노우볼은 첫 번째 공격을 개시했다. 35마리 되는 비둘기들은 인간들의 머리 위로 이리저리 날아다니며 공중에서 똥을 쌌다. 인간들이 비둘기와 씨름을 하는 사이, 산울타리 뒤에 숨어 있던 거위들이 우르르 달려 나와 인간들의 종아리를 거칠게 쪼아댔다. 하지만 이 정도는 자그마한 소란을 일으킬 목적으로 준비한 소규모 충돌이었기에, 인간들은 몽둥이를 이용해 손쉽게 거위들을 몰아냈다. 스노우볼은 이제 두 번째 공격을 개시했다. 스노우볼이 뮤리엘, 벤자민, 양 떼를 이끌고 달려 나가, 사방에서 인간들을 들이받았다. 벤자민은 몸을 틀어 조그만 뒷발 발굽으로 그들을 후려쳤다. 하지만 몽둥이를 들고 징 박은 구두를 신은 인간들이 이번에도 동물들보다 더 강했다. 스노우볼이 후퇴하라는 뜻으로 갑자기 꽥 소리를 질렀고, 동물들은 모두 방향을 틀어 정문을 지나 마당으로 달려갔다.

인간들은 기세등등하게 고함을 쳤다. 그들은 예상했던 대로 달아나는 적들을 바라보더니, 무질서하게 동물들을 쫓아갔다. 이것 역시 스노우볼이 의도했던 바였다. 그들이 마당에 들어오자마자, 축사에 잠복해 누워 있던 말 세 마리, 젖소 세 마리, 나머지 돼지들이 갑자기 뒤에서 나타나 그들의 길을 가로막았다. 이번에도 스노우볼이 돌진하라는 신호를 보냈다. 그리고 본인도 존스에게로 곧장 몸을 날렸다. 스노우볼이 접근하는 걸 본 존스는 총을 들어 발사했다. 탄알이 스노우볼의 등에 핏자국을 남기며 날아가더니 양 한 마리를 쓰러트려 죽였다. 스노우볼은 조금도 지체하지 않고 존스의 다리에 15스톤(약 100킬로그램)이나 되는 자신의 몸을 날렸다. 존스는 똥 무더기 위로 내던져졌고 들고 있던 총을 놓쳐버렸다. 하지만 가장 끔찍한 장면을 연출한 것은 복서였다. 그가 마치 종마처럼 뒷발로 일어서서 커다란 징이 박힌 발굽으로 인간들을 마구 때렸기 때문이다. 복서는 맨 처음 폭스우드 어린 마부의 머리를 한 차례 강타하여 그를 진흙탕에 쓰러지게 만들었다. 그 모습을 본 몇몇 인간들은 몽둥이를 떨어트리고 줄행랑을 치려고 했다. 인간들이 극심한 공포를 느끼자, 동물들은 순식간에 다 같이 몰려들어 인간들을 쫓으며 마당을 빙글빙글 돌았다. 그들은 뿔에 들이받히고, 발길질 당하고, 물리고, 밟혔다. 농장 동물들은 한 마리도 빠짐없이 각자 자기만의 방식대로 앙갚음을 했다. 심지어 지붕 위에 있던 고양이도 소 치는 인간에게 달려들더니 그의 목에 발톱을 찔러 넣었고, 그는 끔찍하게 비명을 질러댔다. 마당을 빠져나갈 틈이 생긴 순간, 인간들은 기뻐하며 마당을 달려 나가 뒤 큰길을 향해 재빨리 달아났다. 침입을 시작한 지 5분도 안 되어 그들은 들어왔던 길로 수치스럽게 후퇴를 했다. 거위 떼가 꽥꽥 소리를 지르며 도망가는 인간들의 종아리를 쪼았다.

한 명만 빼고 모두 사라졌다. 아까 그 마당에 남아 있던 복서는 얼굴을 진흙에 묻고 쓰러져 있는 마부를 뒤집어보려고 발굽으로 그를 툭툭 건드리고 있었다. 하지만 마부는 꿈쩍도 하지 않았다.

복서가 슬픈 목소리로 말했다.

"죽었나 봐. 죽일 생각은 없었는데. 내 발에 철로 된 편자가 있다는 걸 까먹었어. 내가 일부러 그런 게 아니라는 걸 누가 믿어줄까?"

"눈물 젖은 감상은 멈춰, 동무!"

스노우볼이 등에 난 상처에서 피를 뚝뚝 흘리며 소리쳤다.

"전쟁은 전쟁일 뿐. 착한 인간은 오로지 죽은 인간뿐이야."

"생명을 앗아갈 의도는 없었어, 아무리 인간의 생명일지라도."

복서는 말을 반복했다. 그의 눈에 눈물이 가득 고였다.

"몰리는 어디 있지?"

누군가 외쳤다.

몰리가 정말 보이지 않았다. 동물들은 잠시 큰 불안에 떨었다. 인간이 몰리에게 무슨 나쁜 짓을 했을까 봐, 아니면 그녀를 아예 끌고 가버렸을까 봐 두려웠기 때문이다. 하지만 나중에 몰리는 자기 마구간에 숨어서 여물통 속 건초 속에 머리를 묻고 있다가 발견되었다. 총소리가 나자마자 곧바로 도망을 쳤던 것이다. 그리고 몰리를 찾으러 갔다가 돌아온 동물들은 마부 소년이 의식을 회복하고 달아난 걸 알아챘다. 죽은 줄 알았던 소년이 실제로는 기절만 했던 모양이었다.

동물들은 다시 잔뜩 흥분해서 모여들었다. 다들 자기가 이번 전투에서 얼마나 공을 세웠는지 목소리 높여 떠들어댔다. 즉흥적으로 승리 축하 행사가 열렸다. 동물들은 깃발을 게양하고, 〈영국의 동물들〉을 수차례 불렀다. 그리고 살해당한 양을 위해 엄숙한 장례식을 열고, 그녀의 무덤에 산사나무 덤불을 심었다. 스노우볼은 무덤가에서 간단하게 연설하며, 모든 동물은 필요하다면 동물농장을 위해 목숨을 바칠 준비를 해야 한다고 강조했다.

동물들은 '제1급 동물 영웅' 훈장을 만들자고 만장일치로 결정을 내렸고, 이 훈장을 스노우볼과 복서에게 수여했다. 훈장은 황동 메달(실제로는 마구 보관 방에 있던 낡은 놋쇠 장식이었다)이었고 일요일과 휴일에 착용하기로 했다. '제2급 동물 영웅' 훈장은 죽은 양에게 수여되었다.

이 전투를 뭐라 불러야 할지에 대해 수많은 이견이 오갔고, 결국 '외양간 전투'라는 이름이 붙었다. 왜냐하면 그곳이 동물들의 잠복 작전이 시작된 곳이기 때문이다. 이후 존스 씨의 총이 진흙탕 속에서 발견되었고, 농가 안에 여분의 탄약통이 있다는 것이 알려졌다. 총은 깃대 밑에 세워 놓고, 10월 12일, 외양간 전투 기념일에 한 번, 그리고 반란 기념일인 하지에 한 번, 일 년에 두 번씩 대포처럼 발사하기로 했다.

5

겨울을 지나며, 몰리는 점점 더 말썽을 피웠다. 매일 아침 일 하는 곳에 지각했고, 늦잠을 잤다는 말로 변명을 했다. 식욕은 여전히 왕성하면서 괜히 여기저기가 이유 없이 아프다며 불평 했다. 몰리는 갖가지 구실을 대며 일을 빠지고 식수 웅덩이로 가, 물에 비친 자신의 모습을 넋이 빠져 쳐다보았다. 하지만 이 보다 더 심각한 소문도 있었다. 어느 날 몰리가 꼬리를 살랑살 랑 흔들고 건초 줄기를 씹으며 한가롭게 마당으로 들어오는데, 클로버가 그녀를 한쪽으로 데리고 갔다.

"몰리, 심각하게 할 이야기가 있어. 오늘 아침 네가 동물농 장과 폭스우드의 경계에 있는 산울타리를 넘어가는 걸 봤어. 그리고 울타리 건너편에는 필킹턴 씨네 일꾼 한 명이 서 있더군. 멀리 떨어져 있긴 했지만 확실히 봤어. 그 사람이 너에게 말을 걸고, 너도 콧잔등을 만지게 놔두더라. 도대체 무슨 의미인 거지, 몰리?"

"그런 사람 없었어! 나도 그런 적 없어! 사실이 아니야!"

몰리는 이리저리 껑충거리고 발로 땅을 팠다.

"몰리, 내 얼굴을 봐. 그 인간이 네 코를 쓰다듬지 않았다고 확실하게 말할 수 있어?"

"그런 적 없어!"

몰리는 여전히 부인했지만 클로버의 얼굴을 똑바로 쳐다보지 못했다. 그리고는 곧장 달려 나가더니 들판으로 사라졌다.

클로버는 번뜩 생각이 났다. 그녀는 다른 동물들에게는 아무 말 하지 않고 몰리의 마구간으로 가, 발로 지푸라기를 뒤적여 보았다. 지푸라기 밑에는 각설탕 여러 개와 색색의 리본 뭉치가 숨겨져 있었다.

3일 후 몰리는 사라졌다. 그녀의 행방에 대해서는 몇 주째 알려진 게 없다가, 비둘기들이 윌링던 반대편에서 그녀를 목격했다는 소식을 전해주었다. 몰리는 빨갛고 까맣게 칠한 말쑥한 2륜 마차 손잡이 뒤에 서 있었고, 마차는 술집 앞에 세워져 있었다고 했다. 체크무늬 반바지에 부츠를 신은, 아마도 술집 주인인가 싶은 뚱뚱하고 얼굴이 붉은 인간이 몰리의 코를 쓰다듬으며 각설탕을 먹이고 있었다. 몰리는 털을 새로 깎고 앞 갈기에는 주황색 리본을 매고 있었다. 비둘기들 말로는 몰리가 자신의 모습을 즐기고 있는 것 같다고 했다. 그 후로 몰리의 이 야기를 꺼내는 동물은 아무도 없었다.

1월이 오자 매섭게 추운 날씨가 이어졌다. 땅은 무쇠처럼 단단히 얼고, 들판에선 할 수 있는 게 아무것도 없었다. 큰 헛간에서는 자주 회의가 열렸고, 돼지들은 다가오는 계절에 할 일들을 계획하느라 여념이 없었다. 비록 마지막에는 과반수 투표에 의해 동의를 얻어야 했지만, 다른 동물들보다 확실히 더 똑똑한 돼지들이 농장 정책과 관련된 모든 문제들을 결정하는 게 당연하게 여겨졌다. 스노우볼과 나폴레옹 사이의 분쟁만 없었더라면 이런 식의 합의가 별문제 없이 진행되었을 것이다. 두 돼지는 의견 차이가 있을 수 있는 일이라면 사사건건 다른 의견을 내놓았다. 누군가 보리를 더 많이 심어야 한다고 하면, 다른 이는 귀리를 더 많이 심어야 한다고 했다. 둘 중 하나가 이러이러한 이유로 이곳은 양배추를 심기에 적절하다고 말하면, 또 다른 이는 뿌리채소 말고는 아무것도 쓸모없다고 주장했다. 두 돼지는 각기 추종자들이 있었기에 종종 격렬한 논쟁이 일어나기도 했다. 스노우볼이 뛰어난 연설로 회의에서 다수의 마음을 얻는다면, 나폴레옹은 틈틈이 자신에 대한 지지를 이끌어내는 데에 뛰어났다. 나폴레옹은 특히 양들에게 인기가 많았다. 최근 양들은 시도 때도 없이 '네 발은 좋고 두 발은 나쁘다'를 외치는 버릇이 있었고, 가끔 이 행동으로 회의를 방해했다. 특히나 스노우볼의 연설 중 유독 중요한 순간에 걸핏하면 '네 발은 좋고 두 발은 나쁘다'를 외친다는 게 드러났다. 스노우볼은 농가에서 발견한 〈농부와 목축업자〉라는 잡지의 지난 호를 면밀히 연구한 뒤, 혁신과 개선을 위한 계획을 잔뜩 세웠다. 그는 박식한 모습으로 배수용 토관, 사일리지(가축의 겨울 먹이로 말리지 않은 채 저장하는 풀-역자), 염기성 슬래그(철광 산업의 부산물로 비료로 사용-역자) 이야기를 했고, 모든 동물이 밭에서 매일 다른 장소에 똥을 누어, 마차로 거름을 운반하는 노동력을 줄이는 복잡한 계획을 내놓았다. 나폴레옹은 딱히 내놓는 계획이 없었다. 하지만 조용히 스노우볼의 계획은 수포가 될 것이라 말하며, 기회를 엿보는 듯 보였다. 하지만 그 어떤 논쟁도 풍차에 대한 것만큼 격렬하진 않았다.

농장 건물에서 그리 멀지 않은 기다란 목장 안에, 농장 안에서는 가장 높은 작은 언덕이 하나 있었다. 스노우볼은 그곳의 땅을 조사한 뒤, 풍차를 만들기에 적합한 곳이라 선언했다. 그리고 풍차가 있으면 발전기를 돌릴 수 있어 농장에 전력을 제공할 수 있다고 했다. 그러면 마구간과 축사에 불을 밝힐 수 있고, 겨울엔 따뜻하게 지낼 수 있으며, 회전 톱, 볏짚 절단기, 사료 써는 기계, 전기 착유기도 사용할 수 있다고 했다. 동물들은 그전까지 이런 이야기를 들어본 적이 없었기에(농장은 구식이었고 가장 기본적인 기계 정도만 있었다) 스노우볼의 이야기에 넋을 잃었다. 스노우볼은 기상천외한 기계들이 동물들의 일을 대신해 주면, 동물들은 그 시간에 한가롭게 풀을 뜯거나 독서와 대화로 마음을 수양할 수 있을 거라 했다.

몇 주 후, 풍차를 짓겠다는 스노우볼의 계획이 완전히 완성되었다. 기계적인 세부 사항 대부분은 존스 씨의 책《집과 관련해 할 수 있는 천 가지 유용한 일》,《누구나 벽돌공이 될 수 있다》,《초심자를 위한 전기학》에서 나온 것이었다. 스노우볼은 한때 부화실로 사용되었으며, 바닥에 부드러운 나무가 깔려 있어 그림 그리기 편한 곳을 서재로 이용했다. 그는 한 번 들어가면 몇 시간씩 거기에 박혀 있었다. 그는 책을 펼쳐 돌멩이로 눌러놓고, 발가락 사이에 분필 조각을 끼우고, 앞뒤로 분주하게 움직이면서 선을 긋고, 또 흥분해서 혼자 조그만 목소리로 중얼거렸다. 점차 그의 설계도에는 크랭크, 톱니바퀴로 가득한 복잡한 덩어리가 채워졌고, 어느새 마룻바닥의 절반을 채울 정도로 커졌다. 다른 동물들은 그 설계도를 전혀 이해하지 못하면서도 굉장히 깊은 감명을 받았다. 다들 하루에 한 번씩은 스노우볼의 그림을 보러 올 정도였다. 심지어 암탉들과 오리들까지 찾아왔고 다들 분필 자국을 밟지 않으려고 피나는 노력을 했다. 오로지 나폴레옹만이 이 일에 무관심했다. 그는 처음부터 풍차에 반대한다고 했다. 어느 날 그가 갑작스럽게 설계도를 보러 찾아왔다. 그는 무거운 발걸음으로 헛간을 돌며, 설계도의 세세한 부분까지 면밀히 관찰하고, 중간중간 코를 킁킁거렸다. 그러던 그는 잠시 멈춰 서서 곁눈질로 설계도를 빤히 쳐다보았다. 그러더니 갑자기 다리를 들어 설계도 위에 소변을 보더니 아무 말 없이 그곳을 빠져나갔다.

풍차 문제로 온 농장이 심하게 분열되었다. 스노우볼은 풍차 건설이 힘든 사업이 될 거라는 사실을 부정하지 않았다. 돌멩이를 옮겨 와 벽을 쌓아야 하고, 풍차 날개도 만들어야 하며, 그 후에는 발전기와 전선도 필요할 거라고 했다. (이것들을 어떻게 구할지에 대해서는 스노우볼도 말이 없었다.) 하지만 1년 안에 다 완성될 수 있다고 주장했다. 그러고 나면 엄청난 노동력이 절약되기 때문에 동물들이 일주일에 3일만 일해도 될 거라고 분명히 말했다. 반면 나폴레옹은 지금 이 순간 가장 필요한 것은 식량 생산량을 늘리는 것이며, 풍차 만들기에 괜히 시간을 낭비하다가 굶어 죽을지도 모른다고 주장했다. 동물들은 '스노우볼에게 투표하세요. 주 3일 노동이 기다립니다.' 그리고

'나폴레옹에게 투표하세요. 꽉 찬 여물통을 약속합니다.'라는 슬로건 아래 두 개의 파벌로 나뉘었다. 벤자민은 어떤 쪽도 지지하지 않는 유일한 동물이었다. 그는 식량이 더 풍부해질 거라는 말도, 풍차가 노동력을 절약시킬 거라는 말도 믿기를 거부했다. 그는 말했다. 풍차가 있든 없든 삶은 늘 그랬던 것처럼, 나쁘게 흘러갈 거라고 말이다.

풍차에 대한 분쟁과는 별개로, 농장 방어 문제가 남아 있었다. 비록 외양간 전투에서 인간들이 패배하기는 했지만, 농장을 되찾고 존스 씨를 복귀시키기 위해 또다시 결정적인 시도를 감행할 수 있음을 통감하고 있었다. 인간들이 다시 찾아올 이유는 또 있었다. 그들의 패배 소식이 전 지역에 퍼져 나가, 이웃한 농장들의 동물들이 그 어느 때보다 반항적으로 변했기 때문이다. 늘 그렇듯 스노우볼과 나폴레옹은 의견이 달랐다. 나폴레옹은 동물들이 권총 같은 화기를 구해서 그 사용법을 익혀야 한다고 말했다. 스노우볼은 비둘기들을 더 많이 내보내서, 다른 농장에서도 동물들의 반란을 일으켜야 한다고 말했다. 전자는 스스로 방어를 하지 않으면 정복을 당할 수밖에 없다는 주장이었고, 후자는 모든 곳에서 반란이 일어나면 방이자체를 할 필요가 없어진다는 내용이었다. 동물들은 처음엔 나폴레옹의 말에, 그다음엔 스노우볼의 말에 귀를 기울였고,

결국 어느 쪽이 맞는 것인지 마음을 정하지 못했다. 사실 그들은 항상 그 순간 말하고 있는 동물의 의견에 동조하는 자신을 발견하곤 했다.

마침내 스노우볼의 설계도가 완성되었다. 다음 일요일 회의 때, 풍차 만들기를 시작할지 말지 표결에 부치기로 하였다. 동물들이 큰 헛간에 모이자 스노우볼은 자리에서 일어나, 비록 때때로 양 울음소리에 방해를 받긴 했지만, 풍차 건설을 지지하는 이유를 제시했다. 그러자 이제 나폴레옹이 일어났다. 그는 풍차는 터무니없는 생각이니 아무도 투표하지 않기를 바란다고 매우 조용히 말하더니, 서둘러 다시 자리에 앉았다. 그는 겨우 30초 정도 발언을 했으며, 자신이 하는 말의 영향력에 무관심한 듯 보였다. 그러자 스노우볼이 다시 벌떡 일어나, 자꾸 매매 우는 양들에게 조용히 하라고 소리친 뒤, 풍차 건설을 지지하는 열정적인 호소를 시작했다. 지금까지는 동물들의 의견이 거의 반반으로 나뉘었지만, 바로 그 순간 스노우볼의 호소력이 동물들의 마음을 빼앗아 버렸다. 그는 화려한 말솜씨로 추잡스러운 노동이 동물들의 등에서 벗겨질 때 펼쳐질 동물농장의 모습을 그려 나갔다. 이제 그의 상상력은 볏짚 절단기와 순무 써는 기계를 넘어섰다. 그는 전기가 있으면 탈곡기, 쟁기, 써레, 롤러, 수확기, 바인더를 돌릴 수 있고, 더불어 모든 축사에 전기와 냉수, 온수, 히터를 제공할 수 있다고 했다. 그가 이야기를 끝마칠 때쯤에는 어느 쪽으로 투표가 이루어질지 의심의 여지가 없는 상황이 되었다. 그런데 바로 그 순간, 나폴레옹이 벌떡 일어나더니 스노우볼에게 이상한 곁눈질을 하면서 한 번도 들어본 적 없는 높은 소리로 울어 재꼈다.

때마침 창고 밖에서 무섭게 으르렁거리는 소리가 들리더니, 놋쇠 징이 박힌 목줄을 한 거대한 개 아홉 마리가 창고로 뛰어 들어왔다. 그들은 곧장 스노우볼에게 달려들었으나, 그도 자리에서 벌떡 일어나 무시무시한 이빨을 피하는 데 성공했다. 스노우볼이 헛간 문밖으로 나가자 개들도 그를 쫓아갔다. 동물들은 너무 놀라고 당황한 나머지 아무 말도 못 한 채 창고 문으로 우르르 쫓아 나가 추격전을 구경했다. 스노우볼은 큰 길로 이어지는 기다란 목장을 가로질러 달렸다. 그는 돼지로서 달릴 수 있는 최선을 다해 달렸지만, 개들은 금방 그의 뒤를 쫓았다. 갑자기 스노우볼이 삐끗 미끄러지는 순간, 곧바로 개들에게 붙잡힐 줄만 알았다. 하지만 그는 다시 일어나 아까보다 더 빨리 달렸고, 개들도 그 뒤를 쫓아갔다. 개 한 마리가 스노우볼의 꼬리를 물 뻔했지만, 스노우볼이 재빨리 꼬리를 휘저어 위험을 모면했다. 스노우볼은 마지막 박차를 가해 개들과의 거리를 몇 인치 남긴 채, 산울타리 안 구멍으로 쏙 도망을 쳤고 그렇게 사라졌다.

할 말을 잃은 동물들은 겁에 질린 채 헛간 안으로 슬금슬금 뒷걸음질을 쳤다. 잠시 후 개들이 뛰어서 돌아왔다. 맨 처음엔 그 누구도 이 개들이 어디에서 나타난 건지 상상하지 못했다. 하지만 곧 문제는 풀렸다. 그들은 나폴레옹이 어미로부터 떼어 내어 몰래 키웠던 강아지들이었다. 아직 성견이 아니었는데도 그들은 덩치가 무척이나 컸고 늑대처럼 외모가 사나웠다. 그들은 나폴레옹에게 바짝 붙어 있었다. 그리고 여느 개들이 존스씨에게 그랬던 것처럼 나폴레옹에게만 꼬리를 흔들었다.

나폴레옹은 뒤따르는 개들과 함께 예전에 메이저가 올라서서 연설을 하던 연단 위로 올라갔다. 그는 이제부터 일요일 아침 회의는 없을 거라고 선언했다. 그는 회의가 불필요한 시간 낭비라고 말했다. 앞으로는 농장 일과 관련된 모든 문제는 자신이 주재하는 돼지들의 특별 위원회가 결정을 내릴 거라고 말했다. 특별 위원회는 사적으로 모일 것이며, 이후에 결정된 내용을 다른 동물들에게 알릴 거라고 했다. 여전히 일요일 아침마다 모여 깃발에 경례를 하고, 〈영국의 동물들〉을 부르고, 한 주 동안의 명령을 받게 되겠지만, 더 이상의 토론은 없을 거라 했다.

비록 스노우볼의 추방이 충격을 안겨 주었지만 동물들은 이 발표에도 역시나 실망을 표했다. 올바른 논거만 찾을 수 있었더라면 항의를 했을 동물도 몇몇 있었다. 심지어 복서도 조금은 속을 태웠다. 그는 귀를 머리에 바짝 붙이고, 앞갈기를 몇 번 털더니, 생각을 정리하려고 애를 썼다. 하지만 결국엔 할 말이 떠오르질 않았다. 오히려 몇몇 돼지들이 자신의 생각을 정확하게 표현할 줄 알았다. 앞줄에 앉아 있던 어린 돼지 네 마리는 인정할 수 없다며 꽥꽥 소리를 지르더니, 동시에 자리에서 벌떡 일어나 한목소리로 불평을 하기 시작했다. 하지만 나폴레옹 주위에 앉아 있던 개들이 갑자기 낮고 무서운 목소리로 으르렁거리자, 돼지들은 입을 싹 다물고 다시 자리에 앉았다. 그러자 양들이 '네 발은 좋고 두 발은 나쁘다!'를 외치기 시작해 거의 15분 정도 쉬지 않고 소리를 지르자, 다른 논의의 기회는 그대로 사라지고 말았다.

그 후 스퀼러가 농장 주변을 돌며 새로운 협의 사항을 알렸다.

"동무들, 저는 이곳의 모든 동물이 스스로 추가적인 업무를 도맡은 나폴레옹 동무의 희생에 감사하고 있으리라 믿습니다. 지도자가 된다는 것이 즐거운 일일 거라고 생각하지 마십시오, 동무들! 오히려 깊고 무서운 책임감이 따르는 일입니다. 모든 동물은 평등하다는 것을 나폴레옹 동무 이상으로 굳게 믿는 이는 없습니다. 그는 오히려 여러분이 스스로 결정을 내린

다면 마냥 행복해할 것입니다. 하지만 때때로 여러분은 잘못된 결정을 할 수 있습니다. 동무들, 그럼 어떻게 해야 할까요? 풍차 같은 터무니없는 소리를 하는 스노우볼을 따르기로 결정했다면 우리는 어떻게 되었을까요? 이제 와서 생각해 보면 그는 범죄자나 다름없지 않습니까?"

"스노우볼은 외양간 전투에서 용감하게 싸웠어요."

누군가 말했다.

"용기만으론 부족합니다."

스퀄러가 말했다.

"충성심과 복종이 더욱 중요합니다. 그리고 외양간 전투의 경우에도, 그의 공이 너무 과장되었음을 밝힐 날이 올 거라 믿습니다. 중요한 건 규율입니다, 동무들. 철통같은 규율이라고요! 이것이야말로 오늘날의 좌우명입니다. 한 번만 실수해도, 우리의 적들이 몰려올 겁니다. 동무들, 설마 존스가 다시 돌아오기를 원합니까?"

역시나 반박할 수 없는 의견이었다. 동물들은 분명히 존스가 돌아오는 걸 원치 않았다. 일요일 아침마다 토론하는 것이 존스의 등장에 영향을 준다면, 마땅히 멈추어야 했다. 이제야 충분히 생각할 시간을 가진 복서가 전반적으로 느낀 바를 이렇게 말했다.

"나폴레옹 동무가 그렇게 말했다면 그게 맞을 거야."

그리고 그는 '난 더 열심히 일할 거야'라는 개인적인 좌우명에 덧붙여, '나폴레옹은 늘 옳다'라는 새로운 격언까지 만들어 냈다.

어느덧 날씨가 풀려 봄맞이 쟁기질이 시작되었다. 스노우볼이 풍차 설계도를 그리던 헛간은 폐쇄가 되었고, 바닥의 설계도는 지워진 것으로 추정되었다. 매주 일요일 오전 10시면 동물들은 큰 헛간에 모여 한 주간의 명령을 전달받았다. 깔끔하게 백골이 된 메이저 영감의 두개골이 과수원에서 발굴되어, 깃대 아래 그루터기 위에 총과 나란히 전시되었다. 깃발 게양 후에는 메이저를 숭배하는 마음으로 줄줄이 두개골 옆을 통과하여 헛간에 들어가야 했다. 요즘은 예전처럼 다 같이 앉지 않았다. 나폴레옹과 스퀼러, 그리고 노래와 시를 짓는 데 뛰어난 재능이 있는 미니머스라는 돼지가 높다란 연단 앞에 앉았다. 그리고 어린 개 아홉 마리가 그들을 반원으로 둘러쌌고, 그 뒤에 다른 돼지들이 앉았다. 다른 동물들은 헛간 중앙에 그들과 마주하여 앉았다. 나폴레옹은 무뚝뚝한 군인 같은 스타일로 한 주의 명령을 읽었고, 〈영국의 동물들〉을 한 차례 부른 다음 모두 흩어졌다.

스노우볼이 추방당하고 세 번째 일요일, 동물들은 결국엔 풍차가 지어질 거라는 나폴레옹의 발표에 다소 놀랐다. 나폴레옹은 마음을 바꾸게 된 이유는 전혀 설명하지 않고, 그저 추가적으로 더 노동해야 해서 힘들 거라며, 심지어 배급량을 줄이는 일이 불가피할 수 있다고 경고했다. 하지만 설계도는 마지막 세부 사항까지 꼼꼼하게 준비가 되어 있었다. 지난 3주간 돼지들의 특별 위원회가 이 작업을 맡아서 했다고 했다. 풍차 건설과 더불어 다른 여러 가지 개량에 2년 정도가 소요되리라 예상됐다.

그날 저녁 스퀼러는 동물들에게 나폴레옹은 사실 풍차에 반대한 적이 없다고 비공개적으로 설명했다. 오히려 처음에 풍차 건설을 주장한 건 나폴레옹이었으며, 스노우볼이 부화실 바닥에 그린 설계도도 실제로는 나폴레옹의 것을 훔쳐 그린 것이라고 말했다. 그러니 사실 풍차는 나폴레옹의 창작품이라고 주장했다. 그러자 누군가 물었다. 그렇다면 나폴레옹은 왜 풍차 건설에 그토록 강력하게 반대했냐고 말이다. 그러자 스퀼러는 아주 교활한 표정을 짓더니, 그것이 나폴레옹의 계략이었다고 설명했다. 위험한 인물이자 동물들에게 나쁜 영향을 끼치는 스노우볼을 제거하기 위한 묘책으로 풍차에 반대하는 척했다는 것이다. 이제 스노우볼이 사라졌으니 풍차 건설도 방해 없이 추진할 수 있었다. 스퀼러는 이런 걸 바로 전략이라 부른다고 했다.

"전략입니다, 동무들. 전략 말이에요!"

그는 수차례 이 말을 반복하며 웃는 얼굴로 껑충껑충 뛰고, 꼬리를 흔들었다. 동물들은 그게 무슨 말인지 확실히 알지 못했지만, 스퀼러가 워낙 설득력 있게 말하니 더 이상 질문 없이 그저 그의 설명을 받아들였다.

6

그해 내내 동물들은 노예처럼 일했다. 하지만 그들은 일을 하며 행복해했다. 그들은 자신들의 노력이나 희생을 아까워하지 않았다. 그들이 하는 모든 행동이 그들 자신의 이익, 그리고 후대의 이익을 위한 것이지, 게으른 도둑놈 같은 인간을 위한 것이 아님을 잘 알고 있었기 때문이다.

봄, 여름 내내 그들은 일주일에 60시간을 일했다. 8월이 되자 나폴레옹은 일요일 오후에도 일하게 될 거라고 알렸다. 이 일은 엄격하게 따지자면 자발적인 것이지만, 참여하지 않은 동물은 배급량이 절반으로 줄 것이라 했다. 그런데도 손도 대지 못한 작업들도 있었다. 수확은 작년에 비해 조금 부족했다. 또 초여름에 밭 두 군데에 뿌리채소를 심어야 했는데, 쟁기질을 제때 못 해 씨를 뿌리지 못했다. 다가오는 겨울이 힘들어질 것으로 예측되었다.

풍차는 예상 못 한 어려움에 부딪혔다. 농장 안에 좋은 석회암 채석장이 있고, 별채 안에 모래와 시멘트도 충분히 있어서 건설 재료는 다 준비가 되어 있었다. 하지만 동물들이 해결하지 못한 첫 번째 문제는 돌을 어떻게 적당한 크기로 자르느냐 하는 것이었다. 곡괭이와 쇠지렛대 말고는 이 일을 처리할 방법이 없어 보였다. 하지만 뒷발로 설 수 있는 동물이 없기에 이 도구를 사용할 수가 없었다. 몇 주 동안 헛된 노력만 하다가 누군가 좋은 아이디어를 떠올렸다. 바로 중력을 이용하는 것이었다. 너무 커서 사용할 수 없는 거대한 바위들이 채석장 바닥에 이리저리 흩어져 있었다. 동물들은 이 바위를 밧줄로 묶었다. 그리고 젖소, 말, 양 할 것 없이 밧줄을 끌 수 있는 동물이라면 모두 줄을 잡았다. 심지어 돼지들도 결정적인 순간에 도움을 주었다. 그들은 지독하게 느린 속도로 바위를 끌고 채석장 꼭대기로 올라갔다. 그리고 꼭대기 가에서 바위를 떨어트려 산산조각 냈다. 깨트리고 나니 돌 운반은 비교적 간단했다. 말은 수레에 돌을 잔뜩 실었고, 양은 한 개씩 옮겼다. 뮤리엘과 벤자민도 낡은 2륜 마차에 멍에를 연결해 자기들 몫을 했다. 늦여름이 되자 충분한 돌이 모였고, 돼지들의 관리하에 풍차 건설이 시작되었다.

하지만 건설 과정은 느리고 고됐다. 채석장 꼭대기에 바위 하나 끌어 올리는 데 온종일이 걸리곤 했다. 또 떨어트렸는데도 깨지지 않는 바위도 있었다. 와중에 복서가 없었으면 아무 일도 되지 않았을 것이다. 복서가 나머지 동물들의 힘을 다 합친 것만큼 힘이 셌기 때문이다. 바위가 미끄러져서 동물들까지 언덕 아래로 끌려 내려가며 정신없이 비명을 지를 때, 밧줄을 꽉 쥐고 바위가 더 이상 굴러가지 않게 막는 건 언제나 복서였다. 그가 발굽 끝으로 땅을 움켜쥐며 비탈을 조금씩 힘겹게 오르는 모습, 숨을 몰아쉬는 그의 옆구리에 땀이 맺힌 모습은 모든 이들의 감탄을 자아냈다. 클로버가 가끔 너무 무리하지 말라고 경고했지만, 복서는 듣지 않았다. '난 더 열심히 일할 거야', '나폴레옹은 늘 옳다'라는 두 개의 구호가 그에겐 모든 문제에 대한 충분한 대답인 듯 보였다. 그는 어린 수탉에게 30분이 아니라 45분 빨리 깨워 달라고 부탁을 했다. 그리고 남는 시간엔, 요즘은 남는 시간 자체가 별로 없었지만, 혼자 채석장에 가 부서진 돌을 모은 뒤 다른 이의 도움도 없이 풍차 건설 현장에 돌을 옮겨 놓았다.

여름 내내 고되게 일을 하긴 했지만 그래도 동물들의 형편은 그리 나쁘지 않았다. 존스가 있던 시절보다 더 많은 먹이를 먹지는 못했지만, 그때보다 덜 먹는 것도 아니었다. 낭비하는 다섯 명의 인간들을 부양할 필요 없이 자기들만 먹여 살리면 된다는 점에서 얻는 이득이 너무 컸기 때문에 웬만한 실패는 다 감당할 수 있었다. 그리고 여러 방면에서 동물들의 방식이 훨씬 효율적이었고 노동력도 아낄 수 있었다. 예를 들어 잡초 뽑기 같은 일도 인간은 불가능할 정도의 수준으로 완벽하게 해낼 수 있었다. 게다가 이제는 도둑질하는 일이 없었기 때문에 경작지와 목장을 구분하기 위해 울타리를 칠 필요가 없었고, 결국 산울타리와 출입문 유지를 위한 노동력을 아낄 수 있었다. 그런데도 여름이 깊어지자 미처 발견하지 못한 다양한 결핍 현상들이 나타나기 시작했다. 등유, 못, 끈, 개 비스킷, 말편자에 쓰이는 쇠가 필요했지만 이건 모두 농장에서 만들 수 없는 것들이었다. 나중엔 씨앗과 인조 비료, 각종 도구, 결국엔 풍차에 쓰일 기계도 필요하게 될 것이다. 이것들을 어떻게 구할지 아무도 상상할 수 없었다.

어느 일요일 아침, 동물들이 명령을 전달받기 위해 모였을 때, 나폴레옹이 새로운 정책을 결정했다고 발표했다. 이제부터는 동물농장이 이웃 농장과 거래를 시작할 것이며, 당연히 상업적인 목적 때문이 아니라 급하게 필요한 특정 물건들을 손에 넣기 위해서라고 말했다. 그는 풍차에 필요한 물건이 다른 것들보다 우선한다고 말했다. 그래서 건초 한 무더기, 올해 밀 생산량 중 일부를 판매하려고 준비하고 있으며, 그래도 돈이 더 필요하다면 달걀은 언제나 윌링던에서 판매할 수 있으니 달걀 판매로 돈을 보충할 거라고 했다. 나폴레옹은 풍차 건설을 위해 특별히 공헌을 할 수 있다는 점에서 암탉들이 자신들의 희생을 반갑게 받아들여야 한다고 말했다.

다시 한 번 동물들은 묘한 불편함을 느꼈다. 인간들과 거래하지 않는 것, 장사를 하지 않는 것, 돈을 사용하지 않는 것, 모두 존스를 추방시킨 후 의기양양하게 열었던 회의에서 가장 먼저 통과된 결의안이 아니었던가? 동물들은 모두 그 결의안이 통과된 것을 기억하고 있었다. 적어도 기억하고 있다고 생각했다. 나폴레옹이 일요일 회의를 폐지했을 때 항의했던 어린 돼지 네 마리가 소심하게 목소리를 높였지만, 개들이 무섭게 짖어대는 바람에 급히 입을 다물었다. 늘 그렇듯 양들이 '네 발은 좋고 두 발은 나쁘다!'를 외치기 시작하자 순간의 어색함이 누그러들었다. 마침내 나폴레옹이 한 발을 들어 조용히 시키더니 이미 모든 준비는 다 끝났다고 선언했다. 그 누구도 인간들과 접촉할 필요는 없을 거라고 했다. 인간들과의 접촉이 가장 달갑지 않은 것이었기 때문이다. 그는 모든 짐을 자신의 어깨에 짊어지기로 작정했다며, 윌링던에 사는 사무 변호사 휨퍼 씨가 동물농장과 바깥 세계 사이의 중개인 역할을 하기로 합의했고, 매주 월요일 오전 농장에 방문해 나폴레옹의 지시를 받을 거라 했다. 나폴레옹은 여느 때와 다름없이 '동물농장이여, 영원하라!'라고 외치며 연설을 끝맺었고, 〈영국의 동물들〉 제창과 함께 동물들은 해산했다.

그런 후에는 스퀼러가 농장을 돌면서 동물들의 마음을 안심시켰다. 그는 장사와 돈 사용에 반대하는 결의안은 절대로 통과된 적이 없고, 심지어 제안조차 된 적도 없다고 주장했다. 그것은 순전한 착각이며, 스노우볼이 퍼트린 거짓말에서 시작된 것으로 보인다고 했다. 몇몇 동물들이 여전히 미심쩍어하자, 스퀼러가 약삭빠르게 질문했다.

"꿈꾼 게 아닌 거 확실한가요, 동무들? 결의안과 관련된 기록이라도 있는지요? 어디 써놓았습니까?"

어떤 종류의 기록도 남아 있지 않은 것이 분명했기에, 동물들은 자신들이 실수한 것 같다고 받아들였다.

예정되었던 대로 매주 월요일에 휨퍼 씨가 농장을 방문했다. 그는 구레나룻을 기른 교활한 인상의 자그마한 인간으로, 소기업을 운영하는 사무 변호사였다. 그리고 꽤나 약삭빨라서 동물농장에 브로커가 필요할 것이며, 그 수수료가 꽤나 쏠쏠하리라는 것을 그 누구보다 빨리 파악하고 있었다. 동물들은 일종의 두려움을 품은 채 그가 오가는 것을 지켜보았으며, 최대한 그를 피했다. 그런데도 나폴레옹이 네 발로 서서 두 발로 선 휨퍼에게 명령을 내리는 모습을 보고 있자니 자긍심이 깨어났고, 새로운 변화에 대해 약간은 마음을 열 수 있게 되었다. 지금 인간과의 관계는 예전과 같지 않았다. 인간들은 동물농장이 한창 번창하고 있다고 해서 덜 싫어하지는 않았다. 오히려 예전보다 더욱더 싫어했다. 모든 인간은 농장이 얼마 안가 파산할 것이며, 무엇보다 풍차 건설이 실패할 것이라고 마치 신념처럼 받아들였다. 그들은 술집에서 만나, 풍차는 무너지게 되어 있으며 혹시나 세워지더라도 작동을 하지 않을 거라고 그림까지 그려가며 서로에게 증명해 보였다. 하지만 그들은 동물들이 자신들의 사업을 효율적으로 관리하는 모습에는 본의 아니게 어느 정도 존경심을 표했다. 이런 증후 중 하나로 인간들은 동물농장이라는 정식 명칭을 불러주기 시작했고, 장원농장이라고 부르기를 포기했다. 그들은 존스에 대한 지지도 멈추었다. 존스는 농장을 되찾으려는 희망을 포기하고 지역의 다른 곳으로 떠나고 말았다. 휨퍼를 통하는 방법 말고는, 동물농장과 바깥 세계 간의 어떠한 접촉도 없었다. 하지만 나폴레옹이 폭스우드의 필킹턴 씨 또는 핀치필드의 프레데릭 씨 중 한 사람과 사업 계약을 맺으려는 것 같다는 소문이 끊임없이 돌왔다. 하지만 그 둘과 동시 계약을 맺는 것은 절대 아니라는 점이 눈에 띄었다.

이 무렵 돼지들이 갑자기 농가로 들어가 거주하기 시작했다. 역시나 동물들은 이에 반대하는 결의안이 초반에 통과되었다는 사실을 기억해 내는 듯싶었지만, 어김없이 스퀼러가 나타나 경우가 다르다며 동물들을 설득했다. 스퀼러는 농장의 브레인 역할을 하는 돼지들이 조용히 일할 장소를 차지하는 것이 절대적으로 필요한 일이라고 했다. 또한 단순한 돼지우리 대신 집에서 사는 것이 지도자(최근 들어 스퀼러는 나폴레옹을 일컬을 때 '지도자'라는 칭호를 붙였다)의 위엄에 더 어울리는 일이라고 했다. 그렇지만 돼지들이 부엌에서 밥을 먹고 거실을 휴게실로 쓰는 것도 모자라 침실에서 잠까지 잔다는 소식을 듣자, 몇몇 동물들은 굉장히 혼란스러워했다. 복서는 평소처럼 "나폴레옹은 언제나 옳아!"라며 넘겼지만, 침대를 반대한다는 규정을 똑똑히 기억하고 있던 클로버는 헛간 끝으로 찾아가 그곳에 적혀 있던 일곱 계명을 다시 확인해 보려 했다. 클로버는 자신이 알파벳밖에 읽지 못한다는 걸 깨닫고, 뮤리엘을 데려왔다.

"뮤리엘, 네 번째 계명을 읽어줘 봐. 절대 침대에서 자지 않는다는 내용이 적혀 있지 않아?"

뮤리엘이 더듬더듬 글자를 읽기 시작했다.

"이렇게 적혀 있어. '어떤 동물도 침대에서 시트를 깔고 잠을 자서는 안 된다.'"

클로버는 네 번째 계명에 시트 이야기가 있었는지 좀처럼 기억이 나지 않았다. 하지만 벽에 그렇게 적혀 있으니 그게 맞는 게 분명했다. 그리고 마침 개 두세 마리를 데리고 그 앞을 지나가고 있던 스퀼러가 이 사태를 제대로 설명해줄 수 있었다.

"동무들, 우리 돼지들이 농가 침대에서 잠을 잔다는 소식은 이미 들었죠? 그러면 안 되나요? 침대에 반대하는 결정이 있었다고 생각하는 건 아니겠죠? 축사에 있는 짚 더미도 어떻게 보면 침대입니다. 규칙은 시트에 반대하는 것이었어요. 시트가 인간의 발명품이니까요. 우리는 농가 침대에 있는 시트를 제거하고 담요를 깔고 덮고 잡니다. 물론 매우 안락한 침대입니다! 하지만 요즘 우리가 해야 하는 정신노동을 생각하면 필요 이상으로 편안한 것도 아닙니다. 설마 우리에게서 휴식을 빼앗으려는 건 아니지요, 동무들? 너무 피곤해서 우리 임무를 완수하지 못하게 만들려는 건 아니지요? 그 누구도 존스가 다시 돌아오기를 바라는 건 아니겠지요?"

존스 이야기가 나오자 동물들은 급히 스퀼러를 안심시켰고, 돼지들이 농가 침대에서 자는 것에 대해 더 이상 언급하지 않왔다. 그리고 이 일이 있고 난 뒤 며칠 후, 돼지들은 다른 동물들보다 한 시간 늦게 일어날 거라는 발표가 있었고, 역시나 아무도 이에 관해 불평하지 않았다.

가을쯤 되자 동물들은 피곤하지만 행복했다. 그들은 고된한 해를 보냈다. 건초와 옥수수 일부를 판매했기 때문에 겨울용 비축량은 충분하지 못했지만, 풍차가 모든 걸 만회해 주었다. 이제 풍차는 거의 절반 정도 건설이 되었다. 수확이 끝난후에는 맑고 건조한 날씨가 이어졌다. 동물들은 하루 종일 돌덩이를 옮기며 더 열심히 일했다. 벽을 1피트라도 더 높이 쌓을수만 있다면 돌멩이를 힘들게 옮기는 것도 충분히 가치가 있으리라 생각했다. 복서는 밤에도 혼자 나와 추분 무렵의 보름달달빛 아래 한두 시간 더 일을 했다. 동물들은 시간이 날 때면반쯤 완성된 풍차 주위를 빙글빙글 돌며 걸어 다녔다. 그들은수직으로 곧게 쌓아 올린 튼튼한 벽을 보고 감탄하고, 자신들이 이렇게 인상적인 것을 지을 수 있었다는 사실에 놀라워했다. 오로지 늙은 벤자민만이 풍차를 두고 열광하기를 거부했다. 그는 늘 그러하듯 당나귀는 오래 산다는 아리송한 말 외에는 아무 말도 하지 않았다.

격렬한 남서풍과 함께 11월이 찾아왔다. 시멘트를 섞기엔 너무 습한 날씨라 풍차 건설은 중단되어야만 했다. 그러던 어느 날 밤 농장 건물이 토대부터 흔들리고 헛간 지붕 타일도 떨어져 나갈 만큼 극심한 돌풍이 불었다. 암탉들이 겁을 먹고 꽥꽥거리며 깨어났다. 저 멀리서 대포가 발사되는 꿈을 동시에 꾸었기 때문이다. 아침이 되자 축사에서 나온 동물들은 깃대가 바람에 쓰러지고, 과수원 기슭 느릅나무가 무처럼 뿌리째 뽑힌 것을 발견하였다. 이 상황을 알아차렸을 때, 모든 동물의 목구멍에서 절망적인 울음소리가 터져 나왔다. 그들의 눈앞에 끔찍한 광경이 펼쳐졌다. 풍차가 완전히 무너진 것이다.

그들은 우르르 그곳으로 달려갔다. 좀처럼 뛰지 않는 나폴레옹이 맨 앞에서 달려 나갔다. 그랬다. 그들의 모든 노력의 결실이 폭삭 주저앉아 쓰러져 있었다. 그들이 힘들게 깨서 옮긴 돌멩이들이 사방에 흩어져 있었다. 도저히 먼저 말을 꺼내지 못하는 동물들이 쓰러진 돌더미를 망연자실 바라보고만 있었다. 나폴레옹은 말없이 이리저리 걷다가, 수시로 킁킁거리며 땅 냄새를 맡았다. 그가 꼬리를 바짝 세우더니 좌우로 세차게 흔들었다. 치열하게 머리를 굴리고 있다는 증거였다. 그가 결심을 했는지 갑자기 멈춰 섰다. 그리고 조용히 말했다.

"동무들, 누가 이 일에 책임이 있는지 아십니까? 누가 밤사이 여기 찾아와 풍차를 뒤엎었는지 아십니까? 스노우볼입니다!"

나폴레옹이 갑자기 우레와 같은 목소리로 외쳤다.

"스노우볼이 이 짓을 했다는 말입니다! 순전히 악의를 품고, 우리 계획을 방해하고 수치스러운 추방을 복수하기 위해, 이 반역자가 밤사이 몰래 기어들어와 거의 1년에 걸친 우리의 공사를 망쳐버린 겁니다. 동무들, 바로 지금 여기에서 저는 스노우볼에게 사형 선고를 내리는 바입니다. 그를 죽인 동물은 누구라도 '제2급 동물 영웅' 칭호를 내리고, 사과 반 부셸을 주겠습니다. 그를 산 채로 데려오면 사과 한 부셸을 주겠습니다!"

동물들은 스노우볼마저 그런 행동에 책임이 있을 수 있다는 사실을 알고 몹시 충격을 받았다. 어디선가 분노의 외침이 들려왔다. 그리고 모두들 스노우볼이 돌아온다면 그를 어떻게 잡을 것인지 방법을 궁리하기 시작했다. 얼마 안 가 언덕에서 조금 떨어진 풀밭에서 돼지 발자국이 발견되었다. 이 발자국은 몇 야드 떨어진 곳까지 이어지다가 산울타리 속 구멍으로 사라졌다. 나폴레옹은 진지하게 냄새를 맡더니 스노우볼의 발자국이라고 말했다. 그는 스노우볼이 폭스우드 농장 쪽에서부터 온 것 같다는 의견을 내놓았다.

"더 이상 지체할 수 없습니다, 동무들!"

발자국을 검사하고 난 나폴레옹이 외쳤다.

"우리에겐 할 일이 있습니다. 당장 오늘 아침부터 우린 풍차 건설을 다시 시작할 겁니다. 비가 오나 맑으나, 겨우내 쉬지 않을 겁니다. 우리의 작업을 그리 쉽게 망칠 수 없다는 것을 이 끔찍한 반역자에게 알려줍시다. 기억하십시오, 동무들. 우리 계획엔 어떠한 변화도 없어야 합니다. 완성되는 그날까지 계속 되어야 합니다. 전진합시다, 동무들! 풍차여, 영원하라! 동물농 장이여, 영원하라!"

7

혹독한 겨울이었다. 폭풍우가 지나가자 진눈깨비와 눈이 찾아왔고, 그다음엔 2월이 되어서까지 사라지지 않는 된서리가 내렸다. 동물들은 풍차 재건축을 위해 할 수 있는 최선을 다했다. 그들은 바깥 세계에서 자신들을 지켜보고 있다는 것, 풍차를 제때 완성하지 못하면 시기심 강한 인간들이 크게 기뻐하며 우쭐해 할 것이라는 사실을 잘 알고 있었기 때문이다.

악의에 찬 인간들은 풍차를 파괴한 것이 스노우볼이라는 말을 믿지 않는 척했다. 벽이 너무 얇아서 혼자 쓰러진 것이라고 말했다. 동물들은 그게 아니라는 걸 알고 있었다. 그렇지만 예전처럼 18인치가 아니라 3피트 두께로 벽을 쌓기로 결정했고, 이 말은 훨씬 많은 양의 돌을 모아야 한다는 걸 의미했다.

채석장엔 오랫동안 눈더미가 쌓여 있어서 아무것도 할 수가 없었다. 건조하고 싸늘한 날씨가 이어지자 조금은 진전이 있었지만, 너무나 고통스러운 작업이었고, 동물들도 예전에 느꼈던 것만큼 희망을 느끼지 못했다. 그들은 늘 추웠고, 동시에 늘 배고팠다. 오직 복서와 클로버만이 낙담하지 않았다. 스퀼러는 봉사의 기쁨과 노동의 존엄성에 대해 완벽한 연설을 했지만, 동물들은 복서의 강한 힘과 "난 더 열심히 일할 거야!"라는 변함없는 외침에서 더 많은 영감을 받았다.

1월이 오자 먹을 게 부족했다. 옥수수 배급량이 급격히 줄었고, 대신 부족한 부분을 보충하기 위해 여분의 감자 배급이 있을 거라는 발표가 있었다. 그러나 감자 수확량 중 많은 양이 저장고 안에서 얼어버렸다는 게 밝혀졌다. 흙을 충분히 두껍게 덮지 않았던 결과였다. 감자는 물렁물렁해지고 색이 변해, 먹을 수 있는 건 겨우 몇 개뿐이었다. 한때 며칠 동안은 여물과 사탕무 말고는 먹을 게 아무것도 없었다. 굶주림이 바로 눈앞에 닥친 것 같았다.

바깥세상에 이 사실을 숨기는 게 너무나 중요했다. 풍차 붕괴로 대담해진 인간들은 동물농장에 대한 새로운 거짓말들을 지어내고 있었다. 다시 한 번 동물들이 기아와 질병으로 죽어가고 있고, 자기들끼리 끊임없이 싸움을 벌이다가 결국 동족 포식과 영아 살해에 빠졌다는 소문이 돌았다. 나폴레옹은 식량 사정에 대한 진상이 알려지면 따라올지도 모를 나쁜 결과에 대해 잘 알고 있었다. 그래서 반대되는 소문을 퍼트리기 위해 휨퍼 씨를 이용하기로 결정했다. 지금까지 동물들은 휨퍼 씨가 매주 농장을 방문해도 그와 거의 접촉하지 않았다. 하지만 이제 대부분 양으로 구성된 몇몇 선발 동물들이 휨퍼 씨가 듣는 곳에서 자연스럽게 식량 배급이 늘었다고 이야기하도록 지시를 받았다. 더불어 나폴레옹은 창고에 있는 빈 통에 모래를 가득 채우고, 그 위를 낱알이나 으깬 곡물로 덮으라고 지시했다. 그리고 적절한 핑계를 대서 휨퍼 씨를 창고로 유인한 다음 자연스레 통을 보여주었다. 그는 완전히 속아 넘어갔고, 동물농장에는 식량 부족 문제가 없다고 계속 바깥세상에 알렸다.

그렇지만 1월 말이 다가오자, 어디에선가 곡식을 구해야 할 필요가 있음이 명백해졌다. 나폴레옹은 3일 동안 거의 모습을 드러내지 않고 농가에서만 시간을 보냈고, 사납게 생긴 개들이 문 앞을 지켰다. 그가 모습을 드러낼 때는 뭔가 의식을 치르는 듯한 딱딱한 태도를 보였고, 여섯 마리의 개들이 그를 바짝 둘러싼 채 호위를 하다가 누군가 가까이 오기만 해도 으르렁거렸다. 그는 심지어 일요일 오전에도 나타나지 않았고, 다른 돼지, 보통은 스퀼러를 통해 자신의 명령을 전달했다.

어느 일요일 아침 스퀄러는 지금 막 알을 낳으려고 들어온 암탉들에게 달걀을 넘기라고 전했다. 나폴레옹이 휨퍼를 통해 매주 4백 개의 달걀을 판매하겠다는 계약을 맺었다고 했다. 그 돈이면 여름이 와서 상황이 좀 나아질 때까지 농장을 유지하고도 남을 곡식을 살 수 있을 거라면서 말이다.

이 소식을 들은 암탉들은 격렬한 반응을 보였다. 이런 희생이 필요할지도 모르겠다는 소식을 전에도 들은 바 있지만, 정말로 이런 일이 일어나리라고는 생각하지 않았기 때문이다. 그들은 봄에 알을 품기 위하여 한창 알을 모으는 중이었고, 이렇게 달걀을 가져가는 것은 살인 행위라고 주장했다. 존스가 추방당한 후 처음으로 반란과 비슷한 일이 벌어졌다. 젊은 블랙 미노카 암탉 세 마리의 주도하에 암탉들은 나폴레옹의 바람을 좌절시키기 위해 작정하고 노력하기로 했다. 그들이 선택한 방법은 서까래로 날아올라가 거기에 알을 낳는 것이었지만, 알이 바닥에 떨어져 산산조각이 나고 말았다. 나폴레옹은 신속하고 가차 없이 행동에 나섰다. 그는 암탉들의 배급을 중지시키고, 그들에게 옥수수 한 알이라도 주는 동물이 있으면 바로 사형에 처할 거라고 명령했다. 그리고 이 명령이 지켜지는지 개들이 감시하기로 했다. 암탉들은 5일 동안 저항하다 결국 굴복하고 둥지로 돌아갔다. 이 와중에 암탉 아홉 마리가 목숨을 잃었다. 그들의 시체는 과수원에 묻혔고, 콕시디아증으로 죽었다고 발표가 났다. 휨퍼는 이 일에 관해서는 아무것도 듣지 못했고, 식료품 가게 화물차가 일주일에 한 번씩 농장에 들러 꼬박꼬박 달걀을 가지고 갔다.

이러는 사이 스노우볼의 흔적은 전혀 나타나지 않았다. 그가 이웃 농장 폭스우드나 핀치필드 중 한 곳에 숨어 지낸다는 소문이 돌았다. 나폴레옹은 이 무렵 다른 농부들과의 관계를 전보다 개선하는 중이었다. 마당에는 10년 전에 너도밤나무 숲을 정리하면서 쌓아놓았던 목재 더미가 있었다. 잘 마른 목재를 본 휨퍼 씨는 나폴레옹에게 그걸 팔라고 조언했다. 필킹턴 씨와 프레데릭 씨 둘 다 그걸 사고 싶어 안달이었다. 나폴레옹은 어떻게 결정을 내려야 할지 몰라 둘 사이에서 망설였다. 그가 프레데릭과 합의를 보려고 하면 스노우볼이 핀치필드에 숨어 있다는 말이 들려왔고, 필킹턴 쪽으로 마음이 기우는가 싶으면 스노우볼이 폭스우드에 있다는 말이 들려왔다.

이른 봄, 갑자기 놀랄 만한 일이 밝혀졌다. 밤이 오면 스노우볼이 농장에 몰래 출몰한다는 것이었다! 동물들은 너무 불안해서 축사에서도 좀처럼 잠을 자지 못했다. 매인 밤 스노우볼이 어둠을 틈타 농장으로 기어들어와 온갖 나쁜 짓을 한다는 소문이 돌았다. 그는 옥수수를 훔쳤고, 우유 통을 엎었으며, 달걀을 깨트렸고, 모판을 밟아버렸고, 과일나무 껍질을 물어뜯었다. 잘못된 일이 생기기만 하면 스노우볼 탓을 하는 게 일상이 되었다. 창문이 부서지거나 배수구가 막혔을 때도 스노우볼이 밤사이에 들어왔다가 한 짓이 분명하다고 했다. 창고 열쇠가 사라졌을 때도 온 농장은 스노우볼이 우물 안에 열쇠를 던져버렸을 거라고 확신했다. 어이없게도 빻은 곡식 마댓자루 밑에서 열쇠를 발견한 후에도 그들은 계속해서 그 말을 믿었다. 젖소들은 스노우볼이 몰래 축사에 기어들어와 자신들이 자는 사이 우유를 짜간다고 이구동성으로 주장했다. 겨우내 골칫거리였던 생쥐들도 스노우볼과 한 패거리라는 소문이 있었다.

나폴레옹은 스노우볼의 행동에 대한 전반적인 조사가 이루어져야 한다고 주장했다. 그는 개들을 이끌고 농장 건물을 샅샅이 뒤지기 시작했고, 다른 동물들은 멀찌감치 떨어져서 따라다녔다. 나폴레옹은 몇 걸음 걸을 때마다 멈춰 서서 스노우볼의 발자국을 찾아 바닥을 킁킁거렸고, 냄새로 충분히 찾아낼 수 있다고 말했다. 그는 헛간, 축사, 닭장, 채소밭 등 모든 구석구석을 냄새 맡았고, 가는 곳마다 거의 모든 것에서 스노우볼의 흔적을 찾았다. 그는 주둥이를 땅에 갖다 대고, 몇 차례 깊이 숨을 들이마신 뒤, 기분 나쁜 목소리로 외쳤다. "스노우볼! 그가 여기 왔었군요! 분명히 냄새가 납니다!" 그리고 '스노우볼!'이라는 단어가 나올 때마다 개들은 소름 끼치게 으르렁거리면서 송곳니를 드러냈다.

동물들은 완전히 겁을 먹었다. 그들에겐 스노우볼이 주변 공기에 스며들어 온갖 위험으로 그들을 위협하는 일종의 보이지 않는 세력처럼 느껴졌다. 저녁이 되자 스퀼러가 동물들을 불러 모았다. 그리고 깜짝 놀란 얼굴로 긴히 전달해야 할 중요한 소식이 있다고 말했다.

"동무들!"

스퀼러가 초조하게 팔딱거리며 소리쳤다.

"가장 끔찍한 일이 벌어졌습니다. 스노우볼이 핀치필드 농장의 프레데릭에게 자신을 팔아버렸어요. 프레데릭은 우리를 공격해 우리 농장을 빼앗으려고 음모를 꾸미고 있단 말입니다. 하지만 그것보다 더 심각한 일이 있습니다. 우린 스노우볼의 반란이 단순히 그의 허영과 야심 때문에 벌어졌다고 생각했습니다. 하지만 우리가 틀렸습니다, 동무들. 진짜 이유가 무엇이었는지 아십니까? 스노우볼은 처음부터 존스와 동맹을 맺었던 겁니다! 그는 줄곧 존스의 비밀 첩자였던 거지요. 그가 남기고 간 문서를 지금 막 발견했는데 그게 모든 걸 증명해주고 있습니다. 내 생각에 이건 많은 것을 설명해 줍니다, 동무들.

다행히 성공하진 못했지만, 그가 외양간 전투에서 우리를 어떻게 물리치고 파괴하려 했는지 직접 목격하지 않았습니까?"

동물들은 얼이 빠졌다. 이것은 스노우볼의 풍차 파괴를 훨씬 능가하는 악행이었다. 하지만 동물들이 스퀼러의 말을 충분히 받아들이기까지는 몇 분의 시간이 필요했다. 그들은 모두 기억하고 있었다. 혹은 기억한다고 생각했다. 외양간 전투 중 맨 앞에 서서 돌격하던 스노우볼의 모습, 언제나 동물들을 불러 모아 용기를 주던 모습, 존스가 쏜 총에 등을 다치고도 전혀 지체하지 않던 모습까지. 처음엔 이런 행동이 그가 존스 편이라는 사실과 너무 어울리지 않아 받아들이기 힘들었다. 심지어 좀처럼 질문을 하지 않는 복서조차도 어리둥절한 모습이었다. 그는 앞발을 괴고 누운 채 눈을 감고, 힘겹게 자신의 생각을 정리해 보았다.

그가 말했다.

"난 그 말을 믿지 않아. 스노우볼은 외양간 전투에서 용감하게 싸웠어. 내가 직접 봤다고. 전투 직후 그에게 '제1급 동물 영웅' 훈장도 주지 않았던가?"

"그게 우리 실수였죠, 동무. 우리가 발견한 비밀문서에 다 적혀 있었다니까요. 그래서 이젠 아는 겁니다. 실제로는 그가 우리를 파멸로 이끌려 했다니까요."

"하지만 그는 부상도 당했어. 그가 피를 흘리는 모습을 다 보았잖아."

복서가 말했다.

"다 약속된 거라니까요!"

스퀄러가 빽 소리를 질렀다.

"존스의 총알에 그는 겨우 찰과상만 입었어요. 당신이 글만 읽을 줄 안다면, 그가 뭐라고 써놨는지 다 보여드릴 수 있어요. 결정적인 순간에 스노우볼이 도주 신호를 보내고, 그 전쟁터를 적에게 넘겨주도록 음모를 짰단 말입니다. 그리고 거의 성공할 뻔했지요. 만약 우리의 영웅적인 지도자, 나폴레옹 동무가 없었더라면 아마 그는 성공했을 겁니다. 존스와 일꾼들이 마당에 들어왔던 순간을 기억합니까? 스노우볼이 갑자기 방향을 틀어 도망을 쳤고, 다른 동물들이 그 뒤를 따라갔습니다. 극심한 공포감이 확산되면서 모든 게 실패한 것처럼 보였던 바로 그때, 나폴레옹 동무가 '인간에게 죽음을!'이라고 외치며 앞으로 달려 나와 존스의 다리를 물지 않았습니까. 분명히 기억하시죠, 동무들?"

스퀄러가 좌우로 펄쩍펄쩍 뛰며 소리쳤다.

스퀄러가 그 장면을 생생하게 묘사하자, 동물들도 그때의 기억이 나는 것 같았다. 좌우간 결정적인 순간 스노우볼이 도

망치려고 돌아서던 게 기억이 났다. 하지만 복서는 여전히 뭔가 미심쩍었다. 복서가 마침내 입을 열었다.

"나는 스노우볼이 처음부터 반역자였다고 생각하지 않아. 그 이후로 그가 한 행동과는 별개로, 외양간 전투에서 그는 좋은 동무였다고 생각해."

그러자 스퀼러가 매우 천천히 그리고 단호하게 말했다.

"우리의 지도자 나폴레옹 동무는 명확하게 말씀하셨습니다. 명확하게 말이에요, 동무들. 스노우볼은 아예 처음부터, 반란을 떠올리기도 한참 전부터 존스의 첩자였다고 말이죠."

"아, 그렇다면 말이 달라지지! 나폴레옹 동무가 그렇게 말했으면 그게 맞는 거야."

복서가 말했다.

"저것이 진정한 정신이지요, 동무들!"

스퀼러는 이렇게 외쳤지만, 그가 반짝이는 조그만 눈으로 복서에게 아주 험악한 눈빛을 던지는 게 목격되었다. 스퀼러는 돌아서서 가려다가 잠시 멈추더니, 인상적인 말을 덧붙였다.

"농장의 모든 동물이 눈을 크게 뜨고 경계하기를 바랍니다. 바로 이 순간에도 스노우볼의 비밀 첩자들이 우리 주변에 숨어 있다고 생각할 만한 증거들이 있거든요!"

4일 후 늦은 오후, 나폴레옹은 모든 동물을 마당에 불러 모왔다. 모두 다 집합하자 나폴레옹이 메달 두 개(최근에 그가 자신에게 수여한 '제1급 동물 영웅', '제2급 동물 영웅' 훈장)를 목에 걸고 농가에서 걸어 나왔다. 아홉 마리의 거대한 개들이 나폴레옹 주위를 수색하면서 등골이 서늘해질 듯한 소리로 으르렁거렸다. 동물들은 뭔가 끔찍한 일이 벌어지리라는 걸 아는 듯 자기 자리에서 움츠리고 있었다.

　나폴레옹은 근엄하게 서서 청중들을 쭉 훑어보더니, 갑자기 고음을 내질렀다. 그러자 개들이 앞으로 달려 나가더니 돼지 네 마리의 귀를 물었고, 고통과 공포에 비명을 지르는 돼지들을 나폴레옹 앞까지 끌고 왔다. 돼지들의 귀에서는 피가 났고, 피 맛을 본 개들은 잠시 정신이 나간 듯 보였다. 그 순간 놀랍게도 개 세 마리가 복서에게 달려들었다. 복서는 그들이 다가오는 걸 보고 커다란 발굽을 들어, 공중에 떠 있던 개 한 마리를 잡아채 바닥에 고정시켰다. 그 개는 살려달라며 비명을 질렀고, 다른 두 마리는 다리 사이에 꼬리를 숨기고 달아났다. 복서는 이 개를 밟아 죽여야 할지 아니면 그냥 놓아주어야 할지 확인하기 위해 나폴레옹을 쳐다보았다. 나폴레옹은 표정이 싹 바뀌는 듯하더니, 복서에게 개를 풀어 주라고 시납게 명령했다. 그러자 복서는 발굽을 들어올렸고, 온몸에 타박상을 입은 개가 울부짖으며 슬금슬금 도망을 쳤다.

이내 떠들썩하던 주위가 잠잠해졌다. 돼지 네 마리는 바들 바들 떨며 기다리고 있었는데, 그들의 표정 하나하나마다 유 죄라고 쓰여 있는 듯했다. 나폴레옹은 그들에게 자신들의 죄 를 자백하라고 시켰다. 그들은 나폴레옹이 일요일 회의를 폐지 했을 때 이의를 제기하던 바로 그 돼지들이었다. 그들은 더 지 체할 것도 없이, 스노우볼이 추방된 이후 계속해서 그와 몰래 접촉했다고 털어놓았다. 그리고 같이 힘을 합쳐 풍차를 무너트 렸고, 동물농장을 프레데릭에게 넘겨주기 위해 그와 협정을 맺 었다는 사실도 자백했다. 그들은 스노우볼이 지난 몇 년간 존 스의 첩자였음을 자신들에게 인정했다는 사실도 털어놓았다. 그들의 자백이 끝나자, 개들은 즉시 그들의 목을 물어뜯었고, 나폴레옹은 무시무시한 목소리로 다른 동물들에게도 자백할 게 없냐고 물었다.

달걀과 관련해 미수에 그친 반란에서 지도자 역할을 했던 암탉 세 마리가 앞으로 걸어 나오더니, 스노우볼이 꿈에 나와 나폴레옹의 명령을 거역하도록 선동했다고 말했다. 그들 역시 바로 학살당했다. 그다음으로는 거위 한 마리가 앞으로 나와 지난해 추수 동안 옥수수 이삭 여섯 개를 몰래 숨겨놓았다가 밤 동안 먹었다고 자백했다. 그다음엔 양 한 마리가 식수 웅덩 이에 오줌을 싼 적이 있다며, 이것 역시 스노우볼이 시킨 거라고 자백했다. 또 다른 양 두 마리는 나폴레옹의 헌신적인 추종자였던 늙은 숫양이 기침 때문에 고생할 때, 그를 모닥불 주위에서 빙빙 돌며 쫓아가 살해했다고 자백했다. 그리고 그들 모두 그 자리에서 살해당했다. 자백과 처형이 계속되자, 나폴레옹의 발 앞에는 시체 더미가 쌓여 갔고, 존스가 추방된 이후로 맡아본 적 없는 피 냄새에 공기가 묵직해졌다.

　모든 게 다 끝나자, 돼지와 개를 제외한 나머지 동물들은 모두 한 덩어리가 되어 슬금슬금 사라졌다. 그들은 큰 충격을 받았고 비참했다. 스노우볼과 한패를 이룬 동물들의 배반, 자백하자마자 이루어진 잔인한 응징, 이 둘 중 뭐가 더 충격적인지 가늠할 수 없었다. 과거에도 종종 피비린내 나는 끔찍한 장면이 연출된 적은 있었지만, 이번엔 동물들 사이에서 일어난 일이었기에 훨씬 더 끔찍하게 여겨졌다. 존스가 농장을 떠난 이후, 지금까지는, 그 어떤 동물도 다른 동물을 죽인 적이 없었다. 심지어 생쥐 한 마리 죽이지 않았다. 그들은 반쯤 완성된 풍차가 서 있는 작은 언덕으로 향했다. 서로 온기를 나누기 위해 부둥켜안듯이 한 몸이 되어 자리에 앉았다. 클로버, 뮤리엘, 벤자민, 젖소, 양, 거위와 암탉까지 모두 다 모였다. 나폴레옹이 집합 명령을 내리기 직전 갑자기 사라진 고양이만 제외하면 전부 다 있었다. 잠시 동안 그 누구도 말을 하지 않았다. 복서만 혼자 일어선 채 가만히 있지 못했다. 그는 길고 검은 꼬리를 양옆으로 획획 내젓고, 가끔씩 조그맣게 히힝 소리를 내다가 끝내 이렇게 말했다.

"이해가 안 돼. 우리 농장에 이런 일이 일어날 수 있다는 게 믿기지가 않아. 우리의 어떤 잘못 때문인 게 분명해. 내 생각에 해결책은 좀 더 열심히 일하는 거야. 난 이제 아침마다 한 시간 더 일찍 일어나겠어."

그러더니 그는 느릿느릿 걸어서 채석장으로 향했다. 채석장에 도착한 복서는 연속으로 두 수레 분의 돌멩이를 모았고, 이걸 풍차가 있는 쪽에 갖다 놓고서야 잠을 자러 갔다.

동물들은 아무 말 없이 클로버 주위에 모여들었다. 그들이 누워 있는 언덕에서는 그 지역 전체가 한눈에 펼쳐졌다. 큰길까지 이어져 있는 기다란 목장, 건초지 농장, 작은 숲, 식수 웅덩이, 어린 밀이 초록빛으로 무성한 쟁기질한 밭, 굴뚝에서 연기가 피어오르고 있는 농장 건물의 붉은 지붕까지 다 보였다. 맑게 갠 봄날의 저녁이었다. 수평으로 비치는 햇빛에 풀밭과 흐드러진 산울타리가 금빛으로 빛났다. 동물들은 이 땅 구석구석이 모두 그들의 것이라는 걸 기억하며 일종의 놀라움을 느꼈다. 이곳이 이토록 탐스럽게 보인 적이 없었다. 비탈을 내려다보는 클로버의 눈에 눈물이 고였다. 만약 클로버가 지금 자신의 생각을 말로 할 수 있었더라면 이렇게 말했을 것이다. 몇 해 전 인간을 타도하기 위해 애썼던 그때, 그들이 목표로 했던 것은 이런 게 아니라고 말이다. 메이저 영감이 반란을 선동하던 그날 밤, 그들이 기대하던 건 이런 공포와 살육의 현장이 아니었다. 클로버가 혼자 미래의 모습을 상상했을 때, 그 사회는 아마 모든 동물이 배고픔과 채찍으로부터 해방된 사회, 모두 평등하고, 자신의 능력에 맞게 일을 하며, 강한 자들이 약한 자들을 보호해 주는 사회였을 것이다. 메이저가 연설을 하던 날 밤, 자기의 앞발로 새끼 오리 떼를 보호해 주었던 것처럼 말이다. 그런데 그 대신, 왜 이렇게 되었는지는 모르겠지만, 감히 자신의 생각을 말하지 못하는 시대가 오고 말았다. 사납게 으르렁거리는 개들이 주위에 깔려 있고, 충격적인 범죄를 자백한 동료들이 갈기갈기 찢어져 죽는 시대가 오고 말았다. 그녀의 마음속에는 반란이나 불복종에 대한 생각이 전혀 없었다. 지금 상황이 이렇더라도 존스의 시대에 비해서는 훨씬 낫다는 것, 무엇보다 인간이 돌아오는 것은 막을 필요가 있다는 것을 알고 있었다. 무슨 일이 일어나더라도 그녀는 충실하게 열심히 일할 것이며, 자신에게 주어진 명령을 따를 것이다. 그리고 나폴레옹의 지휘를 받아들일 것이다. 하지만 여전히 그녀와 다른 동물들은 이런 것들을 위해서 지금까지 희망을 품고 애를 쓴 게 아니라고 느꼈다. 이러려고 풍차를 건설하고 존스의 총알을 마주한 것이 아니었다. 자신의 생각을 표현할 단어가 떠오르진 않았지만, 일단 클로버의 생각은 그랬다.

마침내 그녀는 자신이 떠올리지 못한 단어를 노래가 어느 정도는 대체할 수 있을 거라 생각하며 〈영국의 동물들〉을 부르기 시작했다. 주위에 앉아 있는 다른 동물들도 따라 부르기 시작했다. 그들은 음악에 흠뻑 젖어, 하지만 평소에 부르던 방식과는 전혀 다른 느낌으로 느리고 애처롭게 세 차례나 노래를 반복했다.

노래 세 번이 막 끝났을 때, 스퀼러가 개 두 마리와 함께 긴히 할 말이 있는 듯한 분위기를 풍기며 나타났다. 그는 나폴레옹 동무의 특별 판결에 따라 〈영국의 동물들〉이 폐지되었다고 전했다. 이제부터 그 노래는 부르는 게 금지되었다.

동물들은 어리둥절했다.

"왜?"

뮤리엘이 소리쳤다.

"더 이상 필요하지 않으니까요, 동무."

스퀼러가 뻣뻣한 모습으로 대꾸했다.

"〈영국의 동물들〉은 반란의 노래였어요. 하지만 반란은 이제 완성되었거든요. 오늘 오후에 있었던 반란자 처형이 마지막

조치였습니다. 외부와 내부에 있던 적을 모두 물리쳤습니다. 〈영국의 동물들〉에서 우리는 미래에 만나게 될 더 나은 세상에 대한 갈망을 표현했습니다. 그런데 지금 그 사회가 자리를 잡은 겁니다. 이제 이 노래는 더 이상 아무 목적이 없습니다."

무섭긴 했지만 몇몇 동물들이 이의를 제기할 수도 있었다. 하지만 바로 그 순간 양들이 평소처럼 '네 발은 좋고 두 발은 나쁘다'를 외치기 시작했고, 그게 몇 분이나 이어지는 바람에 토론은 시작되지도 못하고 그대로 끝나버렸다.

그리하여 〈영국의 동물들〉은 더 이상 들을 수 없게 되었다. 그 대신에 시인 미니머스가 다른 노래를 지어냈다.

　동물농장, 동물농장,
　나를 통해 그대들은 결코 불행을 겪지 않으리!

이제 이 노래가 매주 일요일 아침 깃발 게양 후에 연주되었다. 하지만 동물들은 이 노래의 가사나 곡조가 〈영국의 동물들〉 수준에 미치지는 못하는 것처럼 느껴졌다.

8

며칠 후 처형으로 인한 공포감이 잦아들자, 몇몇 동물들은 여섯 번째 계명이 '어떤 동물도 다른 동물을 죽여서는 안 된다' 임을 기억하거나, 기억한다고 생각했다. 비록 그 누구도 돼지나 개가 듣는 곳에선 그 이야기를 꺼내려 하지 않았지만, 이미 일어난 살해 사건이 이 계명에 맞지 않다는 건 다들 느끼고 있었다. 클로버는 벤자민에게 여섯 번째 계명을 읽어달라고 부탁했다. 하지만 늘 그렇듯 벤자민은 이런 문제에 휘말리기 싫다며 거부했고, 클로버는 뮤리엘을 데려왔다. 뮤리엘은 여섯 번째 계명을 읽어주었다. '어떤 동물도 이유 없이 다른 동물을 죽여서는 안 된다.' 어째서인지 '이유 없이'라는 두 단어가 기억에는 없었다. 하지만 계명을 위반하지는 않았다는 것을 확인하였다.

스노우볼과 한패를 이룬 반역자들을 죽인 데에는 분명 정당한 이유가 있었기 때문이다.

일 년 내내 동물들은 작년보다 더 열심히 일했다. 정규적인 농장 일까지 하면서 벽이 두 배 두꺼운 풍차를 재건축하는 것, 그리고 예정된 날짜까지 공사를 끝내는 것은 엄청나게 힘든 일이었다. 존스 때보다 더 많이 일하고도 더 많이 먹지 못하는 듯한 날들이 온 것이다. 일요일 아침이면 스퀼러가 기다란 종이를 앞발에 들고 각종 식량 생산량이 200퍼센트, 300퍼센트, 상황에 따라 500퍼센트까지 늘어났음을 증명하는 숫자 목록을 읽어주곤 했다. 동물들은 반란 전 상황이 어땠는지 더 이상 정확하게 기억이 나지 않았기 때문에, 딱히 그의 말을 믿지 못할 이유가 없었다. 그런데도 수치는 줄어들망정 식량은 늘었으면 하고 생각하는 날들이 이어졌다.

모든 명령은 스퀼러나 다른 돼지들 중 한 마리를 통해 전달되었다. 나폴레옹이 공개적으로 모습을 드러내는 날은 2주에 한 번 정도밖에 되지 않았다. 그는 등장할 때마다 개 수행원들뿐만 아니라 검은 수탉 한 마리도 대동했다. 이 수탉은 나폴레옹 앞에서 행진하다가, 그가 연설을 시작하기 전에 큰 소리로 '꼬끼오'를 외치며 트럼펫 같은 역할을 했다. 농가 안에서도 나폴레옹은 다른 동물들과는 분리된 공간에 머문다는 소문이 돌았다. 그는 시중드는 개 두 마리와 함께 따로 식사하며, 늘 응접실 유리 찬장에 있던 크라운 더비 정찬용 식기를 사용한다고 했다. 두 차례 기념일뿐만 아니라 나폴레옹의 생일에도 매년 기념 총 발사가 있을 거라고 발표했다.

이제 나폴레옹을 그냥 '나폴레옹'이라고 부르는 동물은 아무도 없었다. 늘 격식을 차려 '우리의 지도자, 나폴레옹 동무'라고 불리었다. 더군다나 돼지들은 '모든 동물의 아버지, 인간들의 공포의 대상, 양들의 보호자, 오리들의 친구' 등과 같은 칭호를 만들어내는 걸 좋아했다. 스퀼러는 두 뺨에 눈물까지 줄줄 흘리면서 나폴레옹의 지혜, 그의 선량함을 이야기했다. 그리고 나폴레옹은 세상 모든 곳의 동물들, 심지어 다른 농장에서 무시 받으며 노예 생활을 하는 불행한 동물들에게까지 깊은 사랑을 품고 있다고 말했다. 모든 성공적인 업적과 뜻밖의 행운을 나폴레옹의 공으로 돌리는 게 당연시되었다. 어떤 암탉은 이런 말을 했다. "우리 지도자, 나폴레옹 동무의 보호 아래 6일 만에 달걀 다섯 개를 낳았지 뭐야." 또 웅덩이에서 물을 마시던 젖소 두 마리는 이렇게 말했다. "나폴레옹 동무의 통솔력 덕분에 물맛이 어찌나 좋은지!" 농장의 전반적인 분위기가 '나폴레옹 동무'라는 제목의 시에 잘 드러나 있었다. 미니머스가 지은 이 시의 내용은 다음과 같았다.

아비 없는 자들의 친구!

행복의 원천!

돼지 여물통의 주인!

오, 그의 차분하고 위엄 있는 눈을

바라볼 때면

내 영혼이 불타는 듯해,

마치 하늘에 떠 있는 태양과 같은

나폴레옹 동무여!

당신은 동물들이 사랑하는

모든 것을 주시는 분,

덕분에 하루 두 번 배불리 먹고, 깨끗한 짚에서 뒹군다네.

크든 작든 모든 짐승들이

그의 축사에서 평화롭게 잠들지.

모든 것을 보살펴 주시는 당신,

나폴레옹 동무여!

내게 젖먹이 새끼 돼지가 있다면

그가 파인트 병이나 밀방망이만큼

커지기 전에

그를 충실하고 진실하게 대하는 법부터

배워야 하겠지.

그래, 새끼 돼지가 내뱉는 첫 말은

'나폴레옹 동무!'여야 해.

나폴레옹은 이 시를 마음에 들어 하면서 큰 헛간 벽, 일곱 계명이 적혀 있는 반대편에 적어두게 했다. 그리고 그 시 위에는 스퀼러가 하얀 페인트로 그린 나폴레옹의 옆모습 초상화가 걸렸다.

한편, 휨퍼의 중개를 통해, 나폴레옹은 프레데릭과 필킹턴과의 복잡한 협상에 들어갔다. 목재 더미는 아직 팔리지 않고 있었다. 둘 중에서는 프레데릭이 목재를 더 손에 넣고 싶어 하면서도 적절한 가격을 부르질 않았다. 동시에 풍차 건설에 끔찍한 질투심을 느낀 프레데릭과 일꾼들이 동물농장을 공격하고, 풍차를 파괴하려고 음모를 꾸미고 있다는 소문도 돌았다. 스노우볼은 여전히 핀치필드 농장에 숨어 있다고 했다. 한여름 중에 동물들에겐 또 놀라운 일이 있었다. 암탉 세 마리가 스노우볼의 사주를 받아 나폴레옹을 살해하려는 음모에 가담했었다고 자백을 했던 것이다. 그들은 즉시 처형되었고, 나폴레옹의 안전을 위한 새로운 예방책이 나왔다. 밤에는 나폴

레옹의 침대 모퉁이에 한 마리씩, 총 네 마리의 개들이 보초를
서게 되었다. 또 핑크아이라는 이름의 젊은 돼지는 혹시나 모
를 독살의 위험 때문에 나폴레옹의 음식을 먼저 맛보는 임무
를 맡았다.

비슷한 시기, 나폴레옹은 목재를 필킹턴 씨에게 팔기로 했
다고 발표했다. 그리고 동물농장과 폭스우드 농장 사이의 특
정 생산품 교환을 위한 정규 협약까지 준비하고 있었다. 오직
휨퍼를 통해서만 연락하는 사이였지만 나폴레옹과 필킹턴 사
이의 관계는 이제 거의 우호적이었다. 동물들은 인간이라는 이
유로 필킹턴을 불신했지만, 그래도 두려워하고 증오하는 프레
데릭보다는 훨씬 좋아했다. 여름이 계속되며 풍차가 거의 완
성 단계에 접어들자, 조만간 반역자들의 공격이 시작될 거라
는 소문이 점점 더 무성해졌다. 프레데릭이 동물들과 싸우기
위해 총으로 무장한 스무 명의 사람들을 데리고 올 것이며, 이
미 치안판사와 경찰에게 뇌물을 먹였기 때문에 그가 동물농
장의 소유 증서를 손에 넣기만 하면 그 누구도 이의를 제기하
지 않을 거라고 소문이 났다. 게다가 프레데릭이 자기 동물들
에게 저지른 끔찍한 만행이 핀치필드에서 새어 나왔다. 그가
늙은 말을 죽을 때까지 채찍질하고, 젖소를 굶겨 죽이고, 개를
용광로에 집어 던졌으며, 저녁이면 발톱에 면도날 조각을 매단

수탉들의 싸움을 보며 즐거워한다고 했다. 동물들은 동무들이 이런 일을 당했다는 소식을 듣고 피가 끓어올랐다. 그래서 다 같이 밖으로 나가 핀치필드 농장을 공격한 다음, 인간들을 몰아내고 동물들을 해방시켜야 한다고 시끄럽게 요구하기도 했다. 하지만 스퀼러는 그들에게 경솔한 행동은 피하고, 나폴레옹 동무의 전략을 믿어 달라고 충고했다.

그런데도 프레데릭에 대한 반감이 계속해서 고조되었다. 어느 일요일 아침 나폴레옹은 헛간에 나타나 자신은 단 한 번도 목재 더미를 프레데릭에게 팔려고 생각한 적이 없다고 설명했다. 그는 그런 종류의 악당과 거래를 하는 것이 자신의 위신에 맞지 않는 일이라고 생각한다고 했다. 반란 소식을 퍼트리기 위해 요즘도 밖으로 나가는 비둘기들은 핀치필드 농장엔 그 어디에도 발을 들이는 것이 금지되었다. 그리고 '인간에게 죽음을!'이라는 예전 구호는 버리고 '프레데릭에게 죽음을!'을 채택하라는 명령을 받았다. 늦여름이 되자 스노우볼의 또 다른 책략이 드러났다. 지금 밀밭에 잡초가 가득한 이유가 스노우볼이 밤에 몰래 왔다가 옥수수 씨앗에 잡초 씨앗을 섞어서라는 것이 밝혀졌다. 그 음모를 이미 알고 있던 수거위는 스퀼러에게 자신의 죄를 자백하고는, 곧바로 치명적인 독이 든 열매를 먹고 자살했다. 동물들은 지금까지 스노우볼이 '제1급 동물 영웅' 훈장을 받은 것으로 알고 있었지만, 실제로는 그런 적이 없다는 것도 알게 되었다. 이것은 외양간 전투 후 한동안 스노우볼이 직접 퍼트린 전설일 뿐이었다. 그는 훈장을 받기는커녕 전투에서 비겁한 모습을 보인 것으로 비판을 받았다는 것이다. 일부 동물들은 다시 한 번 이 소식에 어리둥절했지만, 스퀼러가 원래 기억이란 잘못될 수 있는 거라며 그들을 설득시켰다.

가을이 되자 작물 수확까지 거의 동시에 이루어져야 했던 탓에, 엄청나게 피나는 노력으로 풍차가 완성되었다. 기계 부품은 아직 설치되지 않았고 휨퍼가 구매를 위해 협상을 하는 중이었지만, 일단 구조물은 완성이 되었다. 경험 부족, 원시적인 수준의 도구, 불운, 스노우볼의 계략 등 온갖 어려움이 있었지만 작업은 정해진 날짜에 정확하게 완성되었다! 동물들은 힘들지만 너무 자랑스러웠기에 자신들이 만든 걸작 주변을 빙글빙글 돌았다. 어쩐지 처음 지어졌을 때보다 지금이 훨씬 아름다워 보이기까지 했다. 더군다나 벽도 예전보다 두 배나 두꺼워졌다. 이제 폭발물이 아니고서는 그 무엇도 이걸 쓰러뜨릴 수 없었다! 그들은 그동안 얼마나 힘들게 노동했는지, 어떤 좌절을 극복해야 했는지 생각했다. 하지만 풍치 날개가 돌고 발전기가 돌아가게 되면 그들의 삶이 얼마나 바뀔지 상상하다 보면 피곤함이 싹 사라졌다. 그들은 승리를 외치며 풍차 주변을 껑충껑충 뛰어다녔다. 개들과 수탉들을 대동하고 나타난 나폴레옹이 완성된 결과물을 점검했다. 그는 직접 동물들에게 그들의 업적을 축하해 주었고, 이 풍차는 이제 '나폴레옹 풍차' 라는 이름을 갖게 되었다고 발표했다.

이틀 후 동물들은 헛간에서 열리는 특별 회의에 소집되었다. 나폴레옹이 목재 더미를 프레데릭에게 팔기로 했다고 발표하자 동물들은 너무 놀라 어안이 벙벙했다. 내일 프레데릭의 마차가 와서 목재를 싣고 갈 거라고 했다. 겉으론 필킹턴과 우정을 유지하던 기간 내내, 실제로는 프레데릭과 비밀 협의를 맺었던 것이다. 폭스우드와의 모든 관계는 끊어졌다. 모욕적인 메시지가 필킹턴에 전달되었다. 비둘기들은 폭스우드 농장을 피하라는 지시를 받았고, '프레데릭에게 죽음을!'이라는 구호가 '필킹턴에게 죽음을!'로 바뀌었다. 동시에 나폴레옹은 동물 농장에 닥칠 공격 이야기는 전적으로 사실이 아니며, 프레데릭이 자기 동물에게 저지른다는 잔인한 짓도 심하게 과장된 것이라고 장담했다. 이 모든 소문이 다 스노우볼과 그 첩자들에게서 나온 것 같다고 했다. 결국 스노우볼이 핀치필드 농장에 숨어 있는 것은 사실이 아니며, 거기엔 평생 가본 적도 없는 것으로 보였다. 실제로 스노우볼은 폭스우드에서 상당히 호화롭게 살고 있으며, 실제로 지난 몇 년간 필킹턴 밑에 고용되어 있었다고 했다.

돼지들은 나폴레옹의 교활함에 황홀해했다. 필킹턴과 친하게 지내는 척하면서 프레데릭에게는 가격을 12파운드 더 올려서 사게 만들었기 때문이다. 하지만 스퀼러에 말에 따르면, 나폴레옹의 뛰어난 정신력은 그가 사실 프레데릭은 물론 그 누구도 믿지 않는 데에서 드러난다고 했다. 프레데릭은 수표라고 불리는 것으로 목재를 결제하고 싶어 했지만, 그 수표란 것이 지불을 약속한다는 내용을 적어놓은 종잇조각에 불과해 보였고 그러기에 나폴레옹은 너무 똑똑했다. 그는 목재를 싣고 가기 전에 5파운드 지폐로 지불하기를 요구했다. 그리하여 프레데릭은 현금으로 지불을 마쳤고, 그 총금액은 풍차에 쓰일 기계 장치를 충분히 살 수 있을 정도였다.

한편 목재는 엄청난 속도로 실려 나갔다. 목재가 다 사라지자 헛간에서는 특별 회의가 열렸다. 다 같이 모여 프레데릭의 지폐를 검사하기 위해서였다. 나폴레옹은 훈장 두 개를 동시에 달고 기쁘게 미소를 지으며, 연단 위 지푸라기 침대에 드러누웠다. 그 옆에는 농가 부엌에서 가져온 도자기 접시 위에 차곡차곡 쌓여 있는 돈이 있었다. 동물들은 줄지어 천천히 지나가면서 그 광경을 충분히 음미했다. 복서는 지폐에 코를 갖다 대고 쿵쿵거리며 냄새를 맡았고, 얇고 하얀 종이가 그의 콧바람에 파르르 흔들렸다.

3일 후 시끌벅적한 소란이 일었다. 극도로 얼굴이 창백해진 휨퍼가 자전거를 타고 와서는 마당에 자전거를 내팽개치고 농가로 곧장 뛰어 들어왔다. 그 직후 나폴레옹의 방에서는 분노에 휩싸인 울부짖음이 들려왔다. 새로운 소식이 들불처럼 농가에 퍼졌다. 지폐가 위조지폐였던 것이다! 프레데릭이 공짜로 목재를 가져갔다는 것이다!

나폴레옹은 곧장 동물들을 불러 모아 무시무시한 목소리로 프레데릭에 대한 사형 선고를 선언했다. 프레데릭을 잡아 오면 산 채로 끓는 물에 넣을 거라 했다. 동시에 지금과 같은 반역 행위 후에는 최악의 상황이 일어날 수 있다고 경고했다. 프레데릭과 일꾼들이 오랫동안 준비해 왔던 공격을 불시에 감행할 수 있다는 말이었다. 나폴레옹은 농장 출입구 모든 곳에 보초를 세웠다. 더불어 비둘기 네 마리를 폭스우드에 보내며, 필킹턴과 다시 좋은 관계를 재정립하고 싶다는 화해의 메시지를 같이 보냈다.

바로 다음 날 아침 공격이 시작되었다. 동물들이 한창 아침을 먹고 있을 때, 보초를 서고 있던 이들이 달려와 프레데릭과 그 추종자들이 벌써 빗장 다섯 개 달린 문을 통과했다는 소식을 전했다. 용감하게도 동물들은 급히 달려 나가 그들을 만났다. 하지만 이번에는 외양간 전투 때처럼 손쉬운 승리를 이룰 수 없었다. 사람이 모두 열다섯 명이나 되고, 총도 여섯 자루나 있었으며, 동물들이 50야드 안쪽으로 접근하자 바로 총을 발포했기 때문이다. 동물들은 끔찍한 폭발음과 날카로운 총알에 정면으로 대항할 수가 없었다. 나폴레옹과 복서가 동물들을 불러 모으기 위해 아무리 애를 써도, 그들은 곧 격퇴당하고 말았다. 그들은 농장 건물을 피신처 삼아, 갈라진 틈과 옹이구멍으로 몰래 밖을 내다보았다. 풍차를 포함한 목장 전체가 적의 손에 들어갔다. 그 순간은 나폴레옹조차 어쩔 줄을 몰랐다. 그는 아무 말도 못 하고 빳빳한 꼬리를 씰룩거리며 왔다 갔다 했다. 동물들은 안타까운 표정으로 폭스우드 쪽을 바라보았다. 필킹턴과 일꾼들이 도와주기만 한다면 아직 이길 가능성이 있었다. 그런데 바로 그때 전날 보냈던 비둘기 네 마리가 돌아왔다. 그중 한 마리가 필킹턴에게서 받은 종잇조각을 물고 있었다. 거기에는 연필로 이렇게 쓰여 있었다. '쌤통이다.'

한편 프레데릭과 그의 일꾼들은 풍차 앞에 멈춰 섰다. 그 모습을 바라보는 동물들 사이에서 웅성웅성 당황한 목소리가 퍼져갔다. 인간 두 명이 쇠지렛대와 큰 망치를 꺼내 들었다. 그들은 풍차를 쓰러트릴 계획이었다.

"안 될 겁니다! 우리가 풍차 벽을 얼마나 두껍게 지었는데요. 일주일이 되어도 저걸 무너뜨리지 못할 거예요. 용기를 가지세요, 동무들!"

하지만 벤자민이 인간들의 움직임을 유심히 바라보았다. 쇠지랫대와 큰 망치를 든 인간들이 풍차 밑쪽에 구멍을 뚫고 있었던 것이다. 흥미롭다는 듯이 바라보던 벤자민이 천천히 기다란 주둥이를 까딱였다.

"내 이럴 줄 알았어. 저들이 뭘 하는지 안 보여? 저 구멍 안으로 발포용 화약을 채우고 있잖아."

동물들은 겁에 질린 채 일단 기다렸다. 지금은 위험을 무릅쓰고 피신한 건물 밖으로 나갈 수가 없었다. 몇 분 후 인간들이 사방으로 달려 나가는 게 보였다. 잠시 후 귀가 먹을 것 같은 폭발음이 들렸다. 비둘기들이 공중으로 날아오르고, 나폴레옹을 제외한 모든 동물이 바닥에 바짝 엎드린 채 얼굴을 숨겼다. 그들이 다시 고개를 들었을 때 풍차가 있던 자리엔 시커먼 먼지구름이 매달려 있었다. 바람이 불어와 천천히 먼지가 걷혔다. 풍차는 더 이상 그 자리에 없었다!

이 광경을 보자 동물들은 용기를 되찾았다. 비열하고 야비한 행동에 대한 분노가 조금 전 느꼈던 공포와 절망을 삼켜버렸다. 복수를 향한 강력한 외침이 터져 나왔고, 명령을 기다릴 것도 없이 다들 한 몸이 되어 적이 있는 곳으로 곧장 돌격했다.

이제는 우박처럼 쏟아지는 잔인한 총알도 눈에 들어오지 않았다. 야만적이고 격렬한 전투였다. 인간들은 끊임없이 총을 발사했고, 동물들이 가까이 다가오자 몽둥이와 무거운 부츠를 마구 휘둘렀다. 젖소 한 마리, 양 세 마리, 거위 두 마리가 죽었고, 거의 모든 동물이 부상을 입었다. 뒤쪽에서 작전 지휘만 하던 나폴레옹마저도 총알에 꼬리 끝이 날아갔다. 하지만 인간들도 다치지 않은 건 아니었다. 세 명은 복서의 발굽에 맞아 머리가 깨졌고, 또 한 명은 젖소의 뿔에 배를 찔렸고, 또 한 명은 제시와 블루벨 때문에 바지가 거의 다 찢어졌다. 나폴레옹은 자신의 경호원인 아홉 마리의 개들에게 비밀리에 울타리를 우회하라고 지시했고, 그 개들이 갑자기 인간들 옆에서 나타나 사납게 으르렁거리자, 인간들은 극심한 공포에 휩싸였다. 그들은 자신들이 포위당할 위험에 처했음을 깨달았다. 프레데릭은 일꾼들에게 달아날 수 있을 때 달아나자고 소리쳤고, 곧바로 겁쟁이 적들은 목숨을 걸고 달아났다. 동물들은 들판 끝까지 그들을 쫓아갔고, 어쩔 수 없이 가시나무 울타리를 통과해 달아나는 인간들에게 마지막으로 몇 차례 더 발길질을 해주었다.

그들은 승리했다. 하지만 지친 채 피를 흘리고 있었다. 그들은 절뚝거리며 천천히 농장으로 돌아갔다. 풀밭에 늘어져 있는 죽은 동료들의 모습에 몇몇은 눈물을 흘렸다. 그리고 잠시 동안 슬픈 침묵에 휩싸여 풍차가 서 있던 자리에 멈춰 섰다. 그랬다, 풍차가 없어졌다. 노동의 거의 마지막 흔적까지 다 사라진 것이다! 심지어 토대까지도 부분적으로 망가졌다. 혹시나다시 풍차를 짓는다고 해도 예전처럼 떨어진 돌맹이를 사용할수도 없었다. 이번엔 돌맹이마저 완전히 사라졌기 때문이다. 폭발의 위력에 돌맹이가 수백 야드 떨어진 곳까지 날아갔다. 마치 풍차는 처음부터 없었던 것처럼 보였다.

농장에 거의 다다르자, 어째서인지 전투 중에는 보이지도않던 스퀼러가 꼬리를 흔들며 만족스러운 얼굴로 그들에게 깡충거리며 뛰어왔다. 그리고 농장 건물 방향에서 경건하게 울리는 총소리가 들려왔다.

"저 총은 왜 발사하는 거지?"

복서가 물었다.

"승리를 축하하기 위해서죠!"

스퀼러가 소리쳤다.

"무슨 승리?"

복서가 말했다. 그의 무릎에서는 피가 흐르고 있었고, 편자한 개는 사라졌으며, 발굽은 찢어졌다. 그리고 뒷다리에는 열두 개의 총알이 박혀 있었다.

"무슨 승리라니요, 동무? 우리 땅에서 적을 몰아내지 않았나요? 동물농장이라는 이 신성한 땅에서 말이에요."

"하지만 그들이 풍차를 파괴했어. 우리가 2년 동안이나 일해 온 걸 말이야!"

"그게 무슨 상관이죠? 풍차는 또 만들면 되지요. 우리가 만들고 싶으면 풍차를 여섯 개도 만들 수 있어요. 당신은 우리가 얼마나 대단한 일을 해낸 건지 인정하지 않으시는군요, 동무. 적들이 우리가 서 있는 바로 이 땅을 점령했었다고요. 그리고 지금은 나폴레옹 동무의 지도력 덕분에 하나도 빠짐없이 땅을 되찾았지요!"

"우리가 전에 가졌던 걸 되찾은 것 아닌가."

복서가 말했다.

"그게 바로 우리의 승리라는 겁니다."

스킬러가 말했다.

그들은 절뚝거리며 마당으로 들어왔다. 복서는 다리에 박힌 총알 때문에 몹시 고통스러워했다. 그는 풍차를 기초부터 재건하는 중노동을 눈앞에 그려 보았고, 상상 속에서 이미 마음의 준비를 마쳤다. 하지만 처음으로 문득 그런 생각이 들었다. 그도 벌써 열한 살이고 힘센 근육도 예전만 못할 거라는 생각 말이다.

하지만 초록 깃발이 바람에 나부끼는 걸 보고, 도합 일곱 번의 축포가 발사되는 소리를 듣고, 또 동물들의 행동을 자랑스러워하는 나폴레옹의 연설을 듣자, 결국에는 자신들이 대단한 승리를 거둔 것처럼 느껴졌다. 전투에서 목숨을 잃은 동물들을 위해서는 경건한 장례식이 치러졌다. 복서와 클로버는 영구차 역할을 하는 마차를 끌었고, 나폴레옹은 장례 행렬의 맨 앞에 섰다. 꼬박 이틀 동안 축하 행사가 이어졌다. 노래, 연설, 축포가 이어졌고 특별 선물로 모든 동물에게 사과 하나씩, 새들에겐 옥수수 2온스씩, 개들에겐 비스킷 세 개씩이 돌아갔다. 이번 전투는 '풍차 전투'라 불릴 것이며, 나폴레옹이 새롭게 만든 '초록 깃발 훈장'을 나폴레옹 자신에게 수여할 거라는 발표가 있었다. 다 같이 기뻐하는 분위기 속에서 지폐와 관련된 불행한 사건은 잊혔다.

며칠 지나지 않아 돼지들은 농가 지하 저장고에서 위스키 통을 발견했다. 처음 집을 점령했을 때는 못 보고 넘어간 모양이었다. 그날 밤 농가에서는 시끄러운 음악 소리가 흘러나왔고, 놀랍게도 그중에는 〈영국의 동물들〉도 섞여 있었다. 아홉 시 반쯤 되어 존스 씨의 중절모를 쓴 나폴레옹이 뒷문으로 나오더니, 마당을 급히 달린 뒤, 다시 집안으로 사라졌다. 하지만 아침이 되자 농가는 쥐 죽은 듯 조용했다. 돼지가 단 한 마리도 보이지 않았다. 아홉 시가 거의 다 되어서야 스퀼러가 모습을 드러냈다. 그는 느릿느릿 맥없이 걸었으며 눈은 멍하고 꼬리는 축 처져 있었다. 그냥 곳곳이 심하게 아파 보였다. 그는 동물들을 불러 모으더니 끔찍한 소식을 전하겠다고 말했다. 나폴레옹 동무가 죽어가고 있다는 것이다!

비탄에 젖은 비명 소리가 터져 나왔다. 농가 문밖에는 짚이 깔렸고, 동물들은 살금살금 걸어 다녔다. 동물들은 눈물을 글썽거리며 지도자가 그들 곁을 떠나면 어떻게 해야 하는 건지 서로에게 질문했다. 스노우볼이 용케도 나폴레옹의 음식에 독을 탔다는 소문이 돌기도 했다. 열한 시가 되자 스퀼러가 다시 나와 발표를 했다. 나폴레옹이 죽기 전 마지막으로, 술을 마시면 사형에 처할 것이라는 중대한 명령을 내렸다고 말이다.

하지만 저녁이 되자 나폴레옹이 좀 나아진 모습으로 나타났다. 그리고 다음 날 아침이 되자 스퀼러는 나폴레옹이 잘 회복하는 중이라고 말할 수 있었다. 그날 저녁 나폴레옹은 다시 일터에 나타났고, 그다음 날 나폴레옹이 휨퍼에게 월링던에 가서 양조와 증류에 관한 책자를 사 오게 지시했다는 사실이 알려졌다. 일주일 후 나폴레옹은 과수원 너머 작은 방목장, 원래 은퇴한 동물들이 풀을 뜯는 곳으로 쓰려고 남겨둔 그곳을 다시 일구라고 지시했다. 이 방목장엔 아무것도 자라는 게 없어서 씨를 다시 뿌려야 했다. 하지만 얼마 안 가 나폴레옹이 이

곳에 보리를 심으려 한다는 사실이 알려졌다.

이즈음 그 누구도 쉽게 이해하지 못할 이상한 사건이 벌어졌다. 어느 날 밤 열두 시쯤 마당에서 큰 소리가 났고, 동물들은 서둘러 축사에서 뛰어나왔다. 달빛이 비치는 밤이었다. 커다란 헛간 벽 아래, 일곱 계명이 쓰여 있던 그 자리에 두 동강으로 부서진 사다리가 놓여 있었다. 그리고 그 옆에는 순간적으로 정신을 잃은 스퀄러가 대자로 쓰러져 있었다. 그의 손 근처에는 손전등, 붓, 엎어진 흰 페인트 통이 있었다. 개들은 즉시 스퀄러 주변을 둘러쌌고, 그가 걸을 수 있게 되자마자 그를 농가로 데려갔다. 그 누구도 이게 무엇을 의미하는지 이해하지 못했다. 오로지 늙은 벤자민만이 뭔가 알겠다는 듯이 주둥이를 끄덕거렸다. 그는 분명히 뭔가 아는 것 같았지만 아무 말도 하지 않았다.

하지만 며칠 후, 일곱 계명을 읽던 뮤리엘은 동물들이 잘못 기억하고 있던 게 또 하나 있음을 발견했다. 동물들은 다섯 번째 계명이 '어떤 동물도 술을 마셔서는 안 된다'인 줄 알았지만, 사실은 잊고 있던 단어가 하나 있었다. 실제로 다섯 번째 계명은 이러했다. '어떤 동물도 술을 과하게 마셔서는 안 된다.'

9

복서의 찢어진 발굽은 치료하는 데 오랜 시간이 걸렸다. 그들은 승리 축하 행사가 끝난 바로 다음 날부터 풍차 재건축을 시작했다. 복서는 단 하루라도 쉬는 걸 거부했고, 자신이 고통스러워하는 모습을 보이지 않는 것을 영광으로 생각했다. 저녁이 되면 복서는 발굽이 큰 문제가 되고 있다고 클로버에게만 몰래 털어놓았다. 클로버는 미리 씹어서 준비해 놓은 허브 찜질 약으로 발굽을 치료해 주었고, 클로버와 벤자민은 복서에게 일을 조금 덜 열심히 하라고 강력히 권했다. 클로버는 '말의 허파도 영원히 가지는 못한다'고 말했지만, 복서는 들으려 하지 않았다. 그는 자신에게 남은 진실한 야망이 딱 하나 있는데, 바로 은퇴할 나이가 되기 전에 풍차가 잘 작동하는 걸 보는 거라 했다.

동물농장의 규칙이 처음 만들어졌을 때, 말과 돼지의 은퇴 나이는 열두 살, 젖소는 열네 살, 개는 아홉 살, 양은 일곱 살, 암탉과 거위는 다섯 살로 정해졌다. 노령 연금도 충분히 주는 걸로 합의가 되었다. 하지만 실제로 은퇴한 동물 중 연금을 받은 이는 아무도 없었고, 최근에 이 문제가 계속해서 논의되는 중이었다. 이제 과수원 너머 작은 방목장에는 보리를 심기로 되어 있었기 때문에, 넓은 목장 한쪽 구석에 울타리를 치고 그곳을 노쇠한 동물들을 위한 방목장으로 만들 거라는 소문이 돌았다. 말의 경우엔 연금으로 하루에 옥수수 5파운드, 겨울엔 건초 15파운드, 공휴일엔 당근 하나 또는 가능하다면 사과 하나가 주어질 거라고 했다. 복서의 열두 번째 생일은 다음 해 늦여름으로 예정되어 있었다.

그동안 삶은 팍팍했다. 겨울은 작년처럼 추웠고 식량은 더 부족해졌다. 다시 한 번 모든 동물의 배급량이 줄었는데, 돼지와 개의 배급량은 예외였다. 스퀼러는 배급량에 있어서 너무 엄격한 평등은 동물주의의 원칙에 위배될 수 있다고 말했다. 그리고 겉으로 보기엔 어떨지 몰라도 실제로는 절대 식량이 부족한 게 아니란 것을 어렵지 않게 증명해 보였다. 당분간은 분명히 배급량 재조정(스퀼러는 그것을 언제나 '재조정'이라고 부르며 절대 '감소'라고 표현하지 않았다)이 필수적일 것으로 보이지만 존스 시절과 비교해 보면 엄청난 개선이 있었다고 주장했다. 그는 날카롭고 빠른 목소리로 숫자를 읊어주면서 존스 시대에 비해 귀리, 건초, 순무 생산량이 늘어났으며, 일하는 시간은 줄어들었고, 식수의 질이 더 좋아졌고, 수명이 늘어났고, 새끼들의 생존 비율이 늘어났으며, 축사엔 지푸라기가 늘어났고, 벼룩으로 고통 받는 일이 줄었다고 자세하게 증명해 보였다. 동물들은 스퀼러의 말을 모두 다 믿었다. 솔직히 말해서 존스와 그와 관련된 모든 것들은 기억 속에서 거의 사라졌다. 그들은 요즘 생활이 가혹하고 빠듯하다는 걸, 종종 춥고 배가 고프다는 걸, 잠을 자지 않을 땐 늘 일을 한다는 걸 알고 있었다. 하지만 의심의 여지없이 과거엔 지금보다 더 나빴을 것이다. 그렇게 믿는 게 더 편했다. 게다가 스퀼러는 과거엔 우리가 노예였지만 지금은 자유의 몸이며, 그것이 모든 차이를 만들어내는 것이라고 어김없이 지적했다.

이제 먹여 살려야 할 식구가 더 많아졌다. 가을이 되자 암퇘지 네 마리가 거의 동시에 새끼를 낳아 총 서른한 마리의 새끼 돼지가 태어났다. 새끼들은 모두 얼룩무늬였고, 나폴레옹이 농장의 유일한 수퇘지였기에, 그들의 혈통은 쉽게 예측이 됐다. 나중에 벽돌과 목재를 구입한 후 농가 정원에 학교를 세울 거라는 발표가 있었다. 당분간은 농가 부엌에서 나폴레옹이 직접 어린 돼지들을 가르쳤다. 그들은 정원에서 운동을 했고, 다른 새끼 동물들과는 함께 놀지 못했다. 역시나 비슷한 시기, 돼지와 다른 동물이 길에서 마주치면 다른 동물이 옆으로 비켜 줘야 하며, 모든 돼지는 계급에 상관없이 일요일마다 꼬리에 초록 리본을 다는 특권을 갖는다는 규칙이 정해졌다.

농장은 상당히 성공적인 한 해를 보냈지만 여전히 돈이 부족했다. 교실을 짓기 위해서는 벽돌, 모래, 석회를 구입해야 했고, 풍차용 기계 장치를 위해 다시 저축도 시작해야 했다. 집안에서 사용할 등유와 초도 필요했고, 나폴레옹이 먹을 설탕(살이 찐다는 이유로 다른 돼지들에게는 설탕이 금지되었다), 연장, 못, 끈, 석탄, 철사, 고철, 개 비스킷 같은 일상 용품도 필요했다. 건초 꾸러미와 감자 일부가 팔려 나갔고, 달걀 판매 계약이 일주일에 6백 개로 늘어났다. 그래서 그해 암탉들은 그들의 수를 겨우 작년 수준으로 유지할 수 있을 정도로만 병아리를 깔 수 있었다. 12월에 줄어들었던 배급량은 2월에 다시 줄어들었고, 등유를 아끼기 위해 축사 등불 사용도 금지되었다. 그러나 돼지들은 편안해 보였다. 오히려 살이 찌고 있었다. 2월 말 어느 오후, 그전에는 맡아본 적 없는 따뜻하고 풍성하며 입맛을 자극하는 냄새가 마당에 퍼졌다. 존스 시절에는 사용한 적 없던 부엌 뒤쪽 작은 양조장에서 나는 냄새였다. 누군가는 보리를 요리하는 냄새라고 했다. 동물들은 허기진 모습으로 그 냄새를 맡으면서 저녁으로 따뜻한 여물이 준비 중인 건지 궁금해했다. 하지만 여물은 코빼기도 볼 수 없었고, 다음 일요일에 이제부터 모든 보리는 돼지들을 위해 비축할 것이라는 발표가 있었다. 과수원 너머 밭에는 이미 보리가 심어졌다. 그리고 지금 모든 돼지는 매일 맥주 1파인트를, 나폴레옹은 크라운 더비 수프 그릇에 맥주 반 갤런을 배급받고 있다는 소식이 흘러나왔다.

견뎌야 할 고난이 생기더라도, 예전에 비해서 지금의 삶이 훨씬 품위 있다는 사실만으로 어느 정도 상쇄되는 부분이 있었다. 더 많은 노래, 더 많은 연설, 더 많은 행진이 있었다. 나폴레옹은 동물농장의 투쟁과 승리를 축하할 목적으로 매주 '자발적 시위'라고 불리는 것을 열도록 명령했다. 동물들은 정해진 시간에 하던 일을 멈추고 군사 대형으로 농장 경내를 한 바퀴 행진했다. 맨 앞에는 돼지, 그다음엔 말, 그 뒤엔 젖소, 양, 가금류 순이었다. 개들은 행렬의 양옆을 차지했고, 맨 앞에는 나폴레옹의 검은 수평아리들이 앞장섰다. 복서와 클로버는 언제나 발굽과 뿔이 그려진 초록색 현수막을 들었는데 거기에는 '나폴레옹 동무여, 영원하라!'라는 글이 적혀 있었다. 그런 다음에는 나폴레옹을 칭송하기 위해 지은 시를 낭독했고, 다음으로는 스퀼러가 나와서 최근의 식료품 생산량 증가에 대해 자세한 사항을 발표했으며, 이따금 축포를 쏘기도 했다. 양들은 이 자발적 시위에 가장 적극적으로 참여했다. 누군가 시간 낭비라는 둥, 추운 데서 너무 오래 서 있어야 한다는 둥 불평을 하면(돼지나 개들이 근처에 없을 때 몇몇 동물들이 불평할 때가 있었다), '네 발은 좋고 두 발은 나쁘다'를 크게 외쳐댐으로써 상대를 조용히 시켜버렸다. 하지만 동물들은 대체로 이 행사를 즐겼다. 그들은 자신들이 진정한 주인이며, 그들이 하는 일은 모두 자신들의 이익을 위한 것이라는 사실을 떠올림으로써 위로가 된다는 걸 깨달았다. 그래서 노래, 행진, 스퀼러의 숫자 목록, 우레와 같은 총소리, 수평아리들의 울음소리, 깃발의 펄럭임을 통해 적어도 그 순간만은 배가 고프다는 사실을 잊을 수 있었다.

4월이 되자 동물농장은 이제 공화국이 될 거라고 선포했고, 그러기 위해서는 대통령을 선출해야 한다고 했다. 유일한 후보는 나폴레옹이었고, 그가 만장일치로 선출되었다. 같은 날, 스노우볼과 존스의 공모 사실을 더욱 상세히 밝혀주는 새로운 문서가 발견되었다고 했다. 스노우볼은 예전에 동물들이 상상했던 것처럼 단순히 외양간 전투에서 지게 하려고 계략을 시도했던 게 아니라, 대놓고 존스의 편에서 싸웠다는 사실이 지금에서야 드러났다. 사실상 인간 세력의 우두머리는 그였으며, '인간이여, 영원하라!'라는 말을 외치며 전투에 뛰어든 것도 그라는 것이다. 아직도 몇몇 동물들이 기억하고 있는 스노우볼 등의 상처는 사실 나폴레옹의 이빨 때문에 생겼다고도 했다.

한여름이 되자 몇 년 동안 사라졌던 큰까마귀 모지스가 갑자기 농장에 다시 나타났다. 그는 크게 변하지 않은 모습으로, 여전히 일을 하지 않았고, 예전과 같은 투로 슈가캔디 마운틴 이야기를 했다. 그는 그루터기 위에 앉아서 까만 날개를 퍼덕이며, 들어줄 동물이 있으면 누구에게라도 한 시간씩 떠들어댔다. 그는 커다란 부리로 하늘을 가리키며 엄숙하게 말하곤 했다. "저 위에는 말이야, 동무들, 저 위, 저기 보이는 검은 구름 저 건너편에 슈가캔디 마운틴이 있어. 우리 불쌍한 동물들이 노동에서 벗어나 영원히 편하게 살 수 있는 행복한 나라 말이야!"

심지어 그는 높이 비행했다가 그곳에 가본 적도 있다며, 거기서 시들지 않는 토끼풀밭, 산울타리에서 자라고 있는 아마씨 케이크와 각설탕을 보았다고 주장했다. 많은 동물이 그의 말을 믿었다. 그들은 지금 자신의 삶이 배고프고 힘드니, 어디 다른 곳에는 당연히 더 나은 세상이 존재하지 않을까 추론했다. 판단을 내리기 힘든 것 한 가지는 바로 모지스를 향한 돼지들의 태도였다. 돼지들은 하나같이 슈가캔디 마운틴에 대한 그의 이야기는 거짓말이라고 모욕적으로 단언하면서도, 일도 하지 않는 모지스가 매일 4분의 1파인트의 맥주를 축내며 농장에 남아 있는 것을 허락했다.

발굽 치료가 끝난 복서는 이전보다 더 열심히 일했다. 사실상 모든 동물이 그 해엔 노예처럼 일했다. 농장에서 하는 정규적인 작업과 풍차 재건축 외에도, 어린 돼지들을 위한 교실 공사가 3월에 시작되었다. 때로는 오랜 시간 충분치 않은 음식을 먹는 게 견디기 힘들었지만 복서는 절대 흔들리지 않았다. 그의 말과 행동만 보아서는 그의 힘이 예전과 같지 않다는 걸 전혀 눈치 챌 수 없었다. 그의 겉모습에서만 약간의 변화가 있었다. 예전보다 털가죽 광택이 줄어들었고, 커다란 궁둥이가 쪼그라든 듯 보였다. 다른 동물들은 말했다. "봄이 와서 풀이 자라면 복서도 회복될 거야." 하지만 봄이 와도 복서는 살이 찌지 않았다. 때로 그가 채석장 꼭대기로 이어지는 비탈에서 거대한 바위 무게를 견디며 온 힘으로 버티는 걸 보면, 그를 쓰러지지 않게 만드는 건 오로지 그의 의지뿐인 것처럼 보였다. 그럴 때 복서는 입으로는 "난 더 열심히 일할 거야"라고 말하지만 목소리마저 나오지 않았다. 클로버와 벤자민은 다시 한 번 그에게 건강을 돌보라고 경고했지만 복서는 개의치 않았다. 그의 열두 번째 생일이 다가오고 있었다. 그는 연금을 받고 살기

전까지 충분히 많은 돌을 모을 수만 있다면 무슨 일이 생겨도 상관하지 않았다.

여름날 늦은 저녁, 갑작스레 복서에게 무슨 일이 생겼다는 소문이 농장에 퍼졌다. 그는 풍차로 돌멩이 한 수레를 끌어다 놓겠다며 혼자 나선 상태였다. 소문은 사실이었다. 몇 분 후 비둘기 두 마리가 소식을 들고 찾아왔다.

"복서가 쓰러졌어! 옆으로 누워 있는데 일어나질 못해!"

농장 동물들 절반 정도가 풍차가 있는 언덕으로 달려갔다. 그곳엔 복서가 누워 있었다. 수레 손잡이 사이에 쓰러진 그는 목을 쭉 뺀 채 고개를 들지 못했다. 그의 눈은 게슴츠레했고, 몸은 땀범벅이었다. 그의 입에서는 한 줄기 피도 흘러내렸다. 클로버가 그의 옆에 무릎을 꿇었다.

"복서! 괜찮은 거야?"

"내 폐가 문제인 것 같아. 하지만 상관없어. 내가 없어도 이제 풍차를 완성할 수 있을 거야. 꽤 많은 돌이 모였어. 어쨌든 나에겐 겨우 한 달 정도가 남았어. 솔직히 말해서 은퇴를 기다려 왔어. 벤자민도 같이 늙어가고 있으니, 그가 나랑 같이 은퇴해서 내 동료가 되면 좋을 것 같군."

"당장 도와줄게. 아무나 가서 스퀼러에게 지금 상황을 전해."

클로버가 말했다.

동물들은 곧장 스퀼러에게 소식을 전하기 위해 다 같이 농가로 뛰어갔다. 쓰러진 복서 옆에는 오로지 클로버와 벤자민만 남았다. 그리고 복서는 아무 말 없이 긴 꼬리로 파리만 쫓았다. 15분 정도 흐른 뒤 스퀼러가 동정과 걱정에 가득 찬 얼굴로 나타났다. 그는 나폴레옹 동무가 농장의 가장 충직한 일꾼에게 이런 불행이 생긴 것에 매우 큰 고통을 느끼고 있으며, 복서를 윌링던에 있는 병원에 보내 치료를 받을 수 있게 하려고 벌써 준비하는 중이라고 했다. 동물들은 약간 불편한 감정을 느꼈다. 몰리와 스노우볼을 제외하고는 그 어떤 동물도 농장을 떠난 적이 없었으며, 아픈 동료를 인간의 손에 맡긴다는 것도 마음에 들지 않았기 때문이다. 하지만 스퀼러는 농장에서 치료를 받는 것보다는 윌링던의 수의사가 더 만족스럽게 치료해 줄 거라며 손쉽게 동물들을 설득했다. 30분쯤 지나자 복서도 다소 회복하여 가까스로 자기 발로 일어났다. 그리고 클로버와 벤자민이 지푸라기 침대를 준비해 놓은 축사로 절뚝거리며 돌아왔다.

이후 이틀 동안 복서는 축사에 머물렀다. 돼지들은 욕실 약장에서 발견한 커다란 분홍 약병을 갖다 주었고, 클로버는 하루 두 번 식사 후에 그 약을 복서에게 먹였다. 저녁이 되자 클로버는 복서의 축사에 누워서 그에게 말을 걸었고, 벤자민은 파리를 쫓아주었다. 복서는 이미 일어난 일은 안타까워하지 않는다고 공언했다. 회복이 잘 되면 3년 정도는 더 살 수 있을 거라 기대하며, 넓은 방목지 구석에서 평화로운 삶을 살게 되길 즐거운 마음으로 기다렸다. 처음으로 자신의 마음을 갈고 닦을 수 있는 여가 시간을 갖게 될 것 같았다. 그는 여생을 남은 스물두 개의 알파벳을 익히는 데 쓸 작정이라고 말했다.

하지만 벤자민과 클로버는 일하는 시간이 끝나고 나서야 복서와 함께 있을 수 있었고, 화물 마차가 와서 그를 데리고 간 것은 한낮의 일이었다. 동물들은 돼지의 감독 하에 순무밭 잡초 뽑는 일을 하는 중이었다. 그러다 벤자민이 있는 힘껏 울면서 농장 건물 방향으로 질주하는 걸 보고 다들 깜짝 놀랐다. 벤자민이 그렇게 흥분한 모습을 보는 건 처음이었다. 그가 전속력으로 달리는 걸 보는 것도 처음이었다.

"서둘러, 어서! 빨리 와! 그들이 복서를 데려가고 있어!"

동물들은 돼지의 명령을 기다리지도 않은 채, 하던 일을 제쳐두고 농장 건물을 향해 달려갔다. 정말로 마당에는 말 두 마리가 끄는 커다란 화물 마차가 세워져 있었다. 마차 옆면에는 글자가 쓰여 있었고, 마부석에는 교활하게 생긴 남자가 낮은 중산모를 쓰고 앉아 있었다. 그리고 복서의 축사는 비어 있었다.

동물들은 마차 주위에 몰려들었다.

"잘 가, 복서! 잘 가!"

다들 한목소리로 외쳤다.

"이 바보들! 다들 바보야!"

벤자민이 그들 주변을 껑충거리며 작은 발굽으로 땅을 쾅쾅 때렸다.

"이 바보들! 마차 옆면에 뭐라고 쓰여 있는지 안 보이는 거 야?"

이에 동물들이 잠시 멈췄고, 침묵이 흘렀다. 뮤리엘이 마차 에 적힌 글자를 하나씩 읽어 내려갔다. 하지만 벤자민이 그녀 를 밀어내더니 쥐 죽은 듯한 적막 속에서 글씨를 읽었다.

"'알프레드 시몬즈, 윌링던 소재 말 도축 및 아교 제조, 골분 과 가죽 딜러. 사육장 공급.' 이게 무슨 뜻인지 이해하지 못하 는 거야? 저들이 복서를 도살장에 데려간다는 거야!"

동물들은 겁에 질려 소리를 질렀다. 그 순간 칸막이 자리에 앉아 있던 남자가 말에게 채찍을 휘둘렀고, 마차는 빠른 속도 로 마당을 빠져나갔다. 동물들은 목청껏 소리를 지르며 따라 나갔다. 클로버가 맨 앞으로 달려 나갔다. 마차도 속도를 높이 기 시작했다. 클로버는 튼튼한 네 다리로 전력 질주를 하려 했 지만 구보로밖에 달리지 못했다.

"복서! 복서! 복서!"

클로버가 소리쳤다. 그리고 바로 그 순간, 바깥의 소동을 들었는지, 마차 뒤쪽 작은 창문으로 코에 흰 줄무늬가 있는 복서의 얼굴이 보였다.

클로버가 끔찍한 목소리로 외쳤다.

"복서! 복서! 나와! 빨리 나오라고! 저들이 널 데려가서 죽이려 해!"

모든 동물이 함께 소리쳤다.

"나와, 복서, 나와!"

하지만 이미 속도가 붙은 마차는 그들에게서 멀어졌다. 복서가 클로버의 말을 이해했는지는 확실하지 않았다. 하지만 잠시 후 그의 얼굴은 창가에서 사라졌고, 마차 안에서 발굽으로 세게 내려치는 소리가 울려 퍼졌다. 그가 마차를 탈출하려고 발길질을 하고 있었던 것이다. 복서가 발로 몇 번 걷어차기만 하면 마차쯤은 산산조각 낼 수 있던 시절도 있었다. 하지만 아아! 이제 그에겐 그런 힘이 남아 있지 않았다. 얼마 안 가 발굽으로 때리는 소리가 희미해지더니 아예 사라졌다. 절망감에 빠진 동물들은 마차를 끄는 말 두 마리에게 멈추라고 호소했다.

"동료들! 동료들! 형제를 죽음으로 몰고 가지 마세요!"

하지만 어리석은 두 짐승은 너무 멍청한 나머지 무슨 일이 일어나고 있는지 알아차리지도 못한 채, 그저 귀를 머리에 바짝 붙이고 속도만 높였다. 복서의 얼굴은 다시는 창가에 나타나지 않았다. 누군가 저들을 앞질러 달려 나가 빗장 다섯 개 달린 정문을 닫아버리는 방법도 생각했지만, 이미 때는 늦었다. 마차는 홀연히 정문을 통과했고 길을 따라 순식간에 사라졌다. 그 뒤로 다시는 복서를 보지 못했다.

3일 후 말이 받을 수 있는 모든 치료를 다 받았는데도 복서가 윌링던의 병원에서 죽었다는 발표가 있었다. 스퀼러가 이 소식을 알리기 위해 왔다. 그는 복서의 마지막 순간 그와 함께 있었다고 말했다.

"내가 이제까지 본 가장 충격적인 광경이었습니다!"

스퀼러가 발을 들어 눈물을 닦았다.

"저는 마지막 순간까지 그의 곁에 있었지요. 너무 쇠약해져 말을 하기도 힘든 그 순간, 그가 내 귀에 대고 속삭였습니다. 그의 유일한 슬픔은 풍차가 완성되기 전에 세상을 뜨게 된 것이라고요. 그가 속삭이더군요. '동무들, 앞으로! 반란의 이름으로 앞으로! 동물농장이여, 영원하라! 나폴레옹 동무여, 영원하라! 나폴레옹은 언제나 옳다.' 이것이 그의 마지막 말이었습니다, 동무들."

이쯤에서 스퀼러의 태도가 싹 바뀌었다. 그는 갑자기 조용해지더니 작은 눈으로 이쪽저쪽에 수상한 눈길을 던졌다.

그는 복서가 농장을 나갈 때 멍청하고 사악한 소문이 돌았다는 걸 알게 되었다고 했다. 몇몇 동물들이 복서를 데려간 마차에 '말 도축'이라는 글이 적혀 있는 걸 보고는, 복서가 도살장에 끌려간다고 성급한 결론을 내렸다는 것이다. 스퀼러는 어떤 동물이 그렇게 멍청할 수 있는지 믿을 수 없다고 말했다. 그는 꼬리를 휘젓고 좌우로 폴짝거리면서 사랑하는 지도자 나폴레옹 동무를 겨우 그 정도로 생각하느냐며 분개했다. 그의 설명은 굉장히 단순했다. 그 마차는 원래 도살장 소유였으나 지금은 수의사가 산 것이고, 아직 옛날 이름을 지우지 못한 거라 했다. 그러다 보니 실수가 생겨났다는 것이다.

동물들은 이 이야기를 듣고 크게 안심했다. 이에 스퀼러는 복서의 임종에 대해, 그가 받은 훌륭한 처치에 대해, 나폴레옹이 비용을 생각하지 않고 지불한 비싼 약에 대해 더욱 자세하게 설명해 주었다. 그러자 동물들의 마지막 의심도 눈 녹듯 사라지고, 동료의 죽음에 대한 슬픔 역시 적어도 그가 행복하게 눈을 감았다는 생각에 누그러졌다.

돌아오는 일요일 아침 나폴레옹은 회의에 나타나 복서를 기리는 짧은 연설을 했다. 그는 농장에 매장하기 위해 동료의 유해를 가지고 오는 것은 불가능했다고 말했다. 대신 농가 정원에 있는 월계수로 커다란 화환을 만들어 복서의 무덤에 갖다 놓으라고 명령했다. 그리고 며칠 내로 돼지들이 복서를 기리는 추모연을 열 계획이라고 했다. 나폴레옹은 복서가 가장 좋아하는 좌우명, '난 더 열심히 일할 거야'와 '나폴레옹 동무는 늘 옳다'를 다시 한 번 언급하며 연설을 끝냈다. 그리고 다른 동물들도 이 좌우명을 자신의 것으로 만들면 좋겠다는 말도 덧붙였다.

추모연이 예정된 날, 윌링던에서 온 식료품 가게 마차가 농가 앞에 커다란 나무 궤짝을 배달해 왔다. 그날 밤 시끌벅적한 노랫소리가 울려 퍼지더니, 잇따라 격렬한 말다툼 소리가 났고, 11시쯤 되어서는 유리가 마구 깨지는 소리가 들렸다. 이튿날 오전 11시까지 농가엔 아무런 인기척이 없었다. 돼지들이 어디에선가 돈을 받아서 위스키 한 상자를 더 샀다는 소문만 돌 뿐이었다.

10

몇 년이 흘렀다. 계절은 왔다 가고, 수명이 짧은 동물들은 세상을 떠났다. 클로버, 벤자민, 큰까마귀 모지스, 그리고 다수의 돼지들을 제외하고는 반란 이전의 옛 시절을 기억하는 동물이 아무도 없는 때가 왔다.

뮤리엘은 죽었다. 블루벨, 제시, 핀처도 죽었다. 존스 역시 죽었다. 그 지역 다른 마을의 주정뱅이 수용소에서 죽었다. 스노우볼은 잊혔다. 복서도 그를 아는 몇몇을 제외하고는 잊혔다. 클로버는 이제 늙고 뚱뚱한 암말이 되었다. 관절은 뻣뻣하고 눈에도 지끈 눈곱이 꼈다. 은퇴할 때를 2년 넘겼지만 실세로 그 누구도 제대로 은퇴한 이는 없었다. 노쇠한 동물들을 위해 방목지 구석을 떼어 주겠다는 이야기도 이미 오래전에 없던 일이 되었다. 나폴레옹은 이제 24스톤(약 150킬로그램)이 나가는 성숙한 수퇘지가 되었다. 스퀼러는 살이 너무 쪄서 눈을 제대로 뜨는 것도 힘들 정도였다. 오로지 늙은 벤자민만이 예전과 똑같았다. 물론 주둥이 주변이 조금 더 희끗희끗해지고, 복서가 죽은 후로 좀 더 침울해지고 말수도 줄긴 했지만 말이다.

비록 예전에 예상했던 만큼 대단한 정도는 아니었지만 그래도 농장에 동물들이 많이 늘었다. 많은 동물이 태어났지만 그들에게 반란은 그저 입에서 입으로 전해지는 어렴풋한 전설일 뿐이었다. 새로 구입되어 온 동물들은 여기 오기 전에는 반란에 대해 들어본 적도 없었다. 농장엔 클로버를 제외하고 세 마리의 말이 있었다. 모두 건강하고 날씬하며, 열심히 일하는 일꾼이자 좋은 동료였지만 무척 멍청했다. 그 누구도 알파벳 B 이상을 배울 수 있다는 걸 증명해내지 못했다. 그들은 거의 효심에 가까운 존경심을 품고 있는 클로버에게서 반란과 동물주의 원칙에 대해 전해 들었지만, 그것들을 대부분 이해하고 있는 건지는 의심스러웠다.

이제 농장은 더욱 번영했고 더 체계화되었다. 필킹턴 씨에게 사들인 두 개의 밭 때문에 더 넓어지기도 했다. 풍차는 마침내 성공적으로 완성되었고, 탈곡기와 건초 창고를 가지게 되었으며, 새롭고 다양한 건물들이 추가되었다. 휨퍼는 2륜 마차를 샀다. 하지만 풍차는 결국 전기를 만들어내는 데에는 사용되지 못했다. 하지만 옥수수를 빻는 데 사용되어 큰 수익을 가져다주었다. 동물들은 풍차를 또 만들기 위해 열심히 일했다. 이번에도 완성이 되면 발전기가 설치될 거라고 했다. 하지만 한때 스노우볼이 가르쳐 주었던 전깃불이 들어오는 축사, 냉온수, 주 3일 근무 같은 호사는 더 이상 언급되지 않았다. 나폴레옹은 그런 생각은 동물주의 정신에 위배되는 것이라며 맹렬히 비난했다. 그는 진정한 행복이란 열심히 일하고 검소하게 생활하는 데에 있다고 말했다.

어쩐지 동물들은 농장은 점점 더 부유해지지만 자기 자신은 그렇지 않다는 생각이 들었다. 물론 돼지들과 개들은 예외였다. 농장에 돼지와 개가 너무 많은 것이 부분적으로 이유가 될 수도 있을 것 같았다. 그들 식대로라면, 돼지와 개가 일을 하지 않는 것은 아니었다. 스퀼러가 진저리나게 설명하듯이, 감독과 관리는 끝이 나지 않는 일이라 했다. 그리고 그들이 하는 일 대부분은 다른 동물들은 너무 무식해서 이해하지도 못하는 종류라고 했다. 예를 들어, 스퀼러는 돼지들이 매일 '파일', '리포트', '회의록', '각서'라 불리는 이해하기 힘든 일에 엄청난 노동력을 쏟아 부어야 한다고 말했다. 커다란 종이에 글씨를 빽빽하게 채워 넣어야 하며, 종이가 글씨로 꽉 차면 난로에 태워버리는데, 이런 일이 농장의 복지를 위해 가장 중요한 것이라고 설명했다. 하지만 여전히 돼지들과 개들은 자신의 노동력으로는 식량을 생산할 줄 몰랐다. 그러면서 수는 너무 많았고, 언제나 식욕이 좋았다.

그 외 다른 동물들의 생활은 그들이 아는 한 늘 똑같았다. 늘 굶주렸고, 지푸라기에서 잠을 잤으며, 식수 웅덩이에서 물을 마셨고, 들판에서 일을 했다. 겨울이면 추위로 고생을 했고, 여름이면 파리로 고생했다. 때때로 나이 든 동물들은 존스가 추방된 지 얼마 되지 않은 반란 초기의 생활이 지금보다 좋았는지 나빴는지 판단하기 위해 흐릿한 기억을 더듬곤 했다. 하지만 기억이 나지 않았다. 그들의 현재 생활과 비교할 수 있는 건 아무것도 없었다. 그들이 근거로 삼을 수 있는 건 스퀄러의 숫자 목록밖에 없었고, 그 목록은 모든 게 다 좋아지고 있다고 변함없이 설명했다. 동물들은 이 문제를 해결할 수 없다고 생각했다. 어쨌든 이런 것들을 생각하고 있을 시간이 거의 없었다. 오로지 늙은 벤자민만이 기나긴 생애를 세세하게 기억해낼 수 있다고 주장했으며, 생활은 결코 더 좋았거나 나빴던 적이 없었고, 앞으로도 아주 좋아지거나 아주 나빠지지는 않을 것을 알고 있다고 말했다. 그는 굶주림, 고난, 실망이 변하지 않는 삶의 법칙이라 말했다.

그렇지만 동물들은 결코 희망을 포기하지 않았다. 더군다나 그들은 동물농장 멤버로서의 명예와 특권 의식을 단 한 순간도 잊은 적이 없었다. 동물들이 소유하고 운영하는 농장은 자치주 전체에서, 아니 영국 전체에서 이곳이 유일했다. 그 누구도, 가장 어린 동물도, 10~20마일 떨어진 농장에서 사 온 신입도 이 사실에 경탄을 금치 못했다. 총이 발사되는 소리를 듣고, 깃대에 꽂힌 초록 깃발이 나부끼는 걸 보면서 그들은 불멸의 자부심에 가슴이 부풀어 오르는 걸 느꼈다. 그리고 어김없이 오랜 영웅적 시대, 존스의 추방, 일곱 계명의 기록, 인간 침입자들을 내쫓았던 위대한 전투 이야기로 흘러갔다. 동물들은 옛 꿈들을 단 하나도 포기하지 않았다. 메이저가 예측했던 동물 공화국, 인간의 발길이 끊긴 영국의 초록 들판을 아직도 믿고 있었다. 당장은 아니더라도 언젠가는 그런 날이 올 것이다. 지금 살아 있는 동물들의 생애에는 힘들지 몰라도, 그날은 오는 중이었다. 〈영국의 동물들〉 곡조도 비밀리에 여기저기서 흥얼거려지고 있었다. 그 누구도 감히 큰 소리로 부르진 못하지만 사실 농장의 모든 동물은 그 노래를 알고 있었다. 그들의 삶은 힘들었고 희망이 모두 실현된 것도 아니었지만, 그들은 자신들이 여느 동물들과는 다르다는 것을 인식하고 있었다. 배가 고프다면 그건 폭군 같은 인간들에게 사육당하지 않기 때문이었다. 일을 열심히 하지만 그건 적어도 그들 자신을 위한 행동이었다. 그들 중 누구도 두 다리로 걷지 않았다. 그 누구도 다른 동물을 '주인님'이라 부르지 않았다. 모든 동물은 평등했다.

초여름 어느 날, 스퀼러가 양들에게 따라오라고 하더니 농장 반대편에 있는 버려진 땅으로 데리고 갔다. 그곳엔 자작나무 묘목이 무성하게 자라고 있었다. 양들은 스퀼러의 감시하에 하루 종일 나뭇잎을 뜯으며 시간을 보냈다. 저녁이 되자 스퀼러가 농가로 돌아가면서, 날씨가 따뜻하니 양들은 계속 거기 있으라고 말했다. 결국 양들은 그곳에서 일주일 내내 머물렀으며, 그사이 다른 동물들의 눈에 띄지 않았다. 스퀼러는 하루 중 대부분의 시간을 그들과 함께 보냈다. 그는 양들에게 새로운 노래를 가르쳐 주는 중이며, 이 과정에 비밀이 필요하다고 했다.

어느 기분 좋은 저녁, 양들이 돌아온 직후에, 다른 동물들도 하루 일과를 마치고 농장 건물로 돌아오고 있었다. 그때 마당 쪽에서 겁에 질린 말 울음소리가 들렸다. 깜짝 놀란 동물들은 가던 길을 멈췄다. 클로버의 목소리였다. 클로버는 다시 이히힝 거렸고, 동물들은 모두 마당으로 달려가 보았다. 동물들은 클로버가 무엇을 보고 놀랐는지 알 수 있었다.

돼지 한 마리가 뒷다리로 걷고 있었던 것이다.

그렇다, 그는 스퀼러였다. 그 자세로 그런 큰 몸을 지탱하는 것이 익숙하지 않은 듯 조금 어색해 보였지만, 완벽하게 균형을 잡은 채 마당을 거닐고 있었다. 그리고 잠시 후, 농가 문이 열리며 돼지들이 걸어 나왔으며, 모두 뒷다리로 선 상태였다. 유난히 잘 걷는 돼지가 있는 반면, 지팡이가 필요해 보일 정도로 약간 불안정하게 걷는 돼지들도 한두 마리 있었지만, 모두들 성공적으로 마당을 빙 돌았다. 그리고 마침내 시끄럽게 개 짖는 소리, 날카롭게 닭 우는 소리가 들리더니 나폴레옹이 걸어 나왔다. 그는 위풍당당하게 똑바로 서서, 좌우로 거만한 눈빛을 던졌으며, 개들이 그를 둘러싼 채 뛰어다녔다.

그는 앞발에 채찍을 들고 있었다.

쥐 죽은 듯 침묵이 흘렀다. 놀라고 당황한 동물들은 서로 바짝 붙어선 채 천천히 마당을 행진하는 돼지들의 행렬을 바라보았다. 마치 세상이 뒤집힌 것 같았다. 처음의 충격이 사그라질 때쯤 동물들은 개를 두려워하면서도, 오랜 세월에 걸쳐 무슨 일이 있어도 절대 불평하지 않고 비난하지 않는 버릇을 다져 왔으면서도 무언가 항의의 말을 내뱉을 참이었다. 하지만 바로 그 순간, 무슨 신호라도 받은 것처럼 모든 양들이 시끄러운 목소리로 일제히 소리치기 시작했다.

"네 발은 좋고 두 발은 더 좋다! 네 발은 좋고 두 발은 더 좋다! 네 발은 좋고 두 발은 더 좋다!"

양들의 외침은 쉬지 않고 5분이나 이어졌다. 양들이 조용해졌을 즈음에는 항의의 말을 꺼낼 기회도 사라져버렸고, 돼지들은 그대로 다시 농가로 들어갔다.

누군가 벤자민의 어깨를 코로 툭 쳤다. 돌아보니 클로버였다. 클로버의 늙은 눈이 예전보다 더 흐릿해 보였다. 클로버는 아무 말 없이 벤자민의 갈기를 잡아당기더니 그를 커다란 헛간 끝, 일곱 계명이 쓰여 있는 곳으로 데리고 갔다. 둘은 거기 서서 흰 글씨가 쓰여 있는 벽을 바라보았다.

클로버가 마침내 입을 열었다.

"시력이 자꾸 떨어져. 젊었을 때도 여기 쓰인 글자를 읽지는 못했지만 벽 자체가 예전과 아예 달라진 것 같아. 일곱 계명이 예전 그대로야, 벤자민?"

벤자민은 처음으로 자기 규칙을 깨고 벽에 쓰여 있는 것을 읽어주었다. 이제 거기엔 오로지 하나의 계명만 쓰여 있을 뿐, 아무것도 없었다.

모든 동물은 평등하다.

하지만 어떤 동물은 다른 동물보다 더 평등하다.

그 이후로 다음 날 농장 일을 감독하러 나온 돼지들이 다들 앞발에 채찍을 들고 있어도 이상해 보이지 않았다. 돼지들이 라디오 수신기를 사 놓았고, 전화기 설치를 준비 중이며, 〈존 불〉, 〈팃 비츠〉, 〈데일리 미러〉를 구독하기로 했다는 걸 알게 되었는데도 이상해 보이지 않았다. 나폴레옹이 입에 파이프를 문 채 농가 정원을 거니는 걸 보아도 이상해 보이지 않았다. 심지어 돼지들이 옷장에서 존스 씨의 옷을 꺼내 그걸 입고 다녀도, 나폴레옹이 검은 코트, 사냥용 반바지, 가죽 각반을 입고 나타나도, 나폴레옹이 제일 좋아하는 암퇘지가 일요일마다 존스 부인이 입었던 물결무늬 실크 드레스를 입어도 이상하지 않았다.

일주일 후 오후, 2륜 마차 여러 대가 농장에 나타났다. 이웃한 농장의 대표단들이 농장 견학을 위해 초청된 것이었다. 그들은 농장을 전부 둘러보고, 목도한 모든 것들, 특히 풍차에 엄청난 감탄을 표현했다. 동물들은 순무밭에서 잡초를 뽑고 있었다. 그들은 부지런히 일하느라 고개를 들 틈이 없었고, 돼지들이나 인간 방문객들 중 누구를 더 무서워해야 하는 건지 알지 못했다

그날 저녁 농가에서는 왁자지껄한 웃음소리와 노랫소리가 터져 나왔다. 그러다 갑자기 웅얼웅얼 목소리가 작게 들려오자

동물들은 호기심이 발동했다. 동물들과 인간이 처음으로 대등한 관계에서 만남을 가지고 있는 지금, 저 안에서는 무슨 일이 일어날 수 있을까? 동물들은 한마음으로 농가 정원을 향해 최대한 살금살금 기기 시작했다.

농가 정문 앞에 다다라서는 들어가기 겁이 나 잠시 망설였지만, 클로버가 앞장을 섰다. 그들은 까치발로 조심조심 걸어 들어갔다. 그리고 키가 어느 정도 큰 동물들은 거실 창문으로 안을 들여다보았다. 기다랗고 둥근 탁자가 놓여 있고, 여섯 명의 농부와 여섯 마리의 고위층 돼지가 앉아 있었다. 나폴레옹은 탁자 끝, 제일 상석에 자리를 잡고 있었다. 돼지들은 너무나 편안한 모습으로 의자에 앉아 있었다. 다 같이 카드놀이를 하던 중에 술을 마시기 위해 잠시 멈춘 모양이었다. 커다란 주전자가 돌면서 잔에 맥주가 채워졌다. 놀란 얼굴의 동물들이 창문으로 지켜보고 있는 걸 아무도 눈치 채지 못했다.

폭스우드의 필킹턴 씨가 맥주잔을 손에 들고 자리에서 일어섰다. 그는 여기 모인 이들에게 건배를 제안할 거라고 말했다. 하지만 그 전에 꼭 해야 할 말이 있다고 했다. 그는 오랜 기간 이어진 불신과 오해가 드디어 끝을 맺게 된 것이, 자기 자신에게도, 확신컨대 여기 모인 모든 사람에게도 엄청나게 만족스러운 일이라고 말했다. 자신이나 여기 모인 사람들은 그런 적이 없지만, 훌륭한 동물농장 소유자들이 인간 이웃들에게, 적대감이라고 할 수는 없지만 어느 정도 의혹을 받던 때가 있었다고 말했다. 불행한 사건이 일어났고, 잘못된 생각이 퍼졌었다. 돼지들이 소유하고 운영하는 농장의 존재가 어쩐지 비정상적이며, 이웃에게 불안감을 일으키기 쉽다고 여겨졌다. 너무 많은 농부들이 마땅한 조사를 해보지도 않고 저런 농장에서는 당연히 방종과 무질서의 정신이 만연해 있을 거라고 생각해 버렸다. 그들은 자신의 동물들, 심지어 자신의 인간 일꾼들에게 영향이 갈까 봐 걱정했다. 하지만 그런 모든 의혹이 지금은 싹 사라졌다고 했다. 오늘 동료들과 함께 동물농장에 방문해 자기 눈으로 샅샅이 조사해 본 후, 그들이 발견한 것은 무엇이었을까? 그것은 최신식 운영 방법뿐만 아니라 세상 모든 농부에게 귀감이 되어야 마땅한 규율과 질서였다. 그는 동물농장의 열등한 동물들이 군내 어느 동물들보다도 더 적은 음식을 받으면서 더 많은 일을 하고 있다고 해도 과언이 아니라고 했다. 실제로 그와 동료 방문자들은 오늘 관찰한 많은 특징들을 당장 자신의 농장에도 도입할 계획이라고 말했다. 그는 동물농장과 이웃들 간에 존재하는, 존재해야만 하는 우정을 다시 한번 강조하면서 이야기를 끝내겠다고 했다. 돼지들과 인간들 사이엔 이해관계 충돌이 있지도 않았고, 어떤 형태로든 있을 필요도 없다. 그들의 투쟁과 그들의 어려움은 하나다. 노동 문제는 어디에서나 똑같지 않은가? 이쯤 해서 그는 미리부터 준비해 둔 재치 있는 말을 꺼내 놓으려 했지만, 순간 너무 흥에 겨운 나머지 압도되어 말을 하지 못했다. 그는 여러 겹 접힌 턱살이 보라색이 될 정도로 목이 메서 어쩔 줄 모르다가 가까스로 이렇게 말했다.

"여러분에게 상대해 줘야 할 열등한 동물이 있다면, 우리에게도 하층 계급이 있단 말입니다!"

이 기지 넘치는 발언에 탁자에 앉은 사람들이 포복절도했다. 필킹턴 씨는 직접 동물농장을 관찰한 바, 배급량은 적고 노동 시간은 길며 전반적으로 과도한 방임이 허락되지 않는 분위기에 다시 한 번 만족스러워했다.

그리고 그는 마지막으로, 모두 다 일어나서 잔을 채우길 바란다고 말했다. 필킹턴 씨는 이렇게 끝을 맺었다.

"신사 여러분, 축배를 올립시다. 동물농장의 번영을 위하여!"

모두들 열렬하게 환호하며 발을 굴렀다. 나폴레옹은 너무나 만족스럽게 자기 자리에서 일어나, 탁자를 빙 돌아서 필킹턴 씨 쪽으로 가더니 서로 잔을 부딪친 뒤 술을 비웠다. 환호성이 잦아들자, 여전히 두 발로 서 있던 나폴레옹이 자신도 몇 마디 할 말이 있다고 넌지시 말했다.

나폴레옹의 연설은 늘 그렇듯, 짧고 명료했다. 그 역시 오해의 시대가 끝이 난 것이 행복하다고 했다. 그와 동료들의 견해에 파괴적이고 심지어 혁명적인 무언가가 있다는 소문이 오랫동안 돌았는데, 이는 자신이 판단하건대 어떤 악의적인 적에 의해 퍼진 것이라고 주장했다. 이웃 농장의 동물들에게도 반란을 일으킬 시도를 했었다는 의심을 받아왔지만 그 무엇도 진실이 아니라고 말했다. 과거에나 지금이나 그들의 유일한 바람은 이웃들과 정상적인 사업 관계를 유지하며 평화롭게 사는 것이라 했다. 그는 영광스럽게도 자신이 관리하고 있는 이 농장은 협동조합 기업이며, 자기 수중에 있는 권리 증서는 돼지들이 공동으로 소유하고 있다고 덧붙였다.

그는 과거의 의혹들이 아직도 남아 있다는 걸 믿지 않지만, 최근 농장의 일상생활과 관련하여 어떤 변화들이 있었고, 이것이 보다 깊은 신뢰를 증진하는 효과를 낳을 거라고 했다. 지금까지 농장의 동물들은 서로를 '동무'라고 부르는 다소 바보 같은 관습이 있었지만, 이는 금지될 것이라 말했다. 어디서 시작되었는지는 모르겠지만, 매주 일요일 아침이면 정원 기둥에 못질해 놓은 수퇘지 두개골 앞을 행진하는 매우 이상한 관습도 있었지만, 이 역시 금지될 예정이라 말했다. 그리고 두개골은 이미 매장되었다고 했다. 방문객들이 이미 보았는지 모르겠지만 깃대에는 초록 깃발이 걸려 있는데, 보았다면 이미 눈치 챘을 테지만, 원래 그려져 있던 흰 발굽과 뿔이 이제는 삭제되어 앞으로는 아무 그림 없는 초록 깃발만 남게 될 것이라 말했다.

그는 필킹턴 씨의 완벽하고 친절한 연설에서 단 한 가지 지적할 게 있다고 했다. 필킹턴 씨가 내내 '동물농장'이라고 말했다는 것이다. 나폴레옹이 이제 처음으로 언급하는 것이므로 그는 당연히 모르겠지만 이제 '동물농장'이라는 이름은 폐지될 것이며, 앞으로 이 농장은 '장원농장'이 될 것이라 했다. 나폴레옹은 이것이야말로 정확한 본래 이름이라 생각한다고 말했다.

나폴레옹은 이렇게 이야기를 끝맺었다.

"신사 여러분, 저는 여러분에게 다시 한 번, 하지만 아까와는 다른 방식으로 건배를 제안할 겁니다. 잔을 가득 채우세요. 여러분, 건배합시다. 장원농장의 번영을 위하여!"

아까처럼 왁자지껄 환호가 들렸다. 맥주잔도 바닥이 보일 때까지 비워졌다. 하지만 밖에서 그 장면을 지켜보던 동물들의 눈에는 뭔가 이상한 일이 벌어지고 있는 듯 보였다. 돼지들의 얼굴을 변하게 만든 건 무엇이었을까? 클로버의 침침한 눈이 이 얼굴에서 저 얼굴로 오갔다. 누구는 턱이 다섯 겹이었고, 누구는 네 겹, 또 누구는 세 겹이었다. 하지만 무엇 때문에 얼굴이 녹아서 변하고 있는 것처럼 보이는 걸까? 잠시 후 마지막 박수가 터져 나오고, 일행은 카드를 꺼내서 아까 하다 만 게임을 계속했고, 동물들은 조용히 밖으로 기어 나왔다.

하지만 그들은 20야드도 채 가지 않고 갑자기 멈췄다. 농가에서 야단법석 떠드는 소리가 난 것이다. 그들은 다시 달려가 창문으로 안을 들여다보았다. 그랬다, 격렬한 싸움이 진행 중이었다. 비명을 지르고, 탁자를 때리고, 의심에 찬 날카로운 눈으로 노려보고, 몹시 화를 내며 부인했다. 이 문제의 원인은 나폴레옹과 필킹턴 씨가 동시에 스페이드 에이스를 내놓았기 때문인 듯했다.

열두 개의 분노한 음성이 터져 나왔고, 모두 다 비슷하게 들렸다. 돼지들의 얼굴에 무슨 일이 일어났는지 이제야 알 것 같았다. 바깥의 동물들은 돼지를 보다가 다음엔 사람을, 사람을 보다가 다음엔 돼지를, 다시 돼지를 보다가 사람을 쳐다보았다. 하지만 이미 누가 누구인지 분간하는 것은 불가능했다.

1903년   6월 25일, 당시 영국령이었던 인도 벵골(지금의 비하르)에서 태어
　　　　나다.
1904년   어머니와 누나와 함께 영국으로 이주하다.
1917년   영국 명문 사립학교 이튼칼리지에 최우수 장학생으로 입학하다.
1921년   이튼칼리지 졸업 후 대학 진학을 포기하고 인도제국 경찰 시험
　　　　에 응시하다.
　　　　이듬해, 첫 발령지인 버마(지금의 미얀마)로 파견되어 5년간 경찰
　　　　로 근무하면서 제국주의와 백인의 의무를 내세우는 영국인들의
　　　　위선에 큰 혐오를 느끼다.
1927년   병가를 얻어 귀국하였다가 사표를 제출하다.
　　　　작가의 길을 걷기로 결심하고 파리 빈민가와 런던 부랑자들의
　　　　극빈생활을 체험하다.
1933년   파리와 런던에서의 생활 체험을 사실적으로 담아낸 첫 소설《파
　　　　리와 런던의 밑바닥 생활》을 출간하다. 이때부터 '조지 오웰'이라
　　　　는 필명을 사용하다.
1934년   버마에서 경찰로 근무하던 시절의 경험을 바탕으로 식민지 백인
　　　　관리의 실태를 고발한 소설《버마 시절》을 출간하다.

1936년	평생의 사상적 동반자가 된 아일린 오쇼네시와 결혼하다.
	결혼 6개월 만에 스페인 내전 소식을 듣고 바르셀로나로 달려가 자원입대하다.
1937년	바르셀로나 전선에서 목에 총상을 입다.
	잉글랜드 지방 노동자들의 궁핍한 삶을 담은 르포르타주《위건 부두로 가는 길》을 출간하다.
1938년	정치적 성향에 연루되어 수배령이 떨어져 아내와 함께 스페인을 탈출하여 프랑스로 건너가다.
	이데올로기에 강한 환멸을 느끼고, 스페인 내전 참전기이자 사회주의의 이중성을 묘사한 소설《카탈로니아 찬가》를 출간하다.
1939년	모로코로 떠나 요양하면서 소설《숨 쉬러 나가다》를 출간하다.
1941년	BBC에서 대인도 선전방송의 원고와 라디오 프로그램을 담당했으나, 제국주의적 태도와 검열 등에 불만을 품고 그만두다.
1945년	스탈린 체제의 소련을 풍자한 우화《동물농장》을 출간하다.
	당시 영국과 동맹관계였던 소련과 스탈린을 신랄하게 비판했기 때문에 한동안 출판이 어려웠으나, 스탈린주의를 비판하는 내용이 공산주의 전체에 대한 풍자로 왜곡, 미화되어 미국에서 광범위하게 출판되다.
1949년	폐결핵이 악화되어 요양병원에 입원하다.
	개인의 자유와 권리를 말살하는 전체주의를 비판한 소설《1984》를 출간하다.
1950년	1월 21일, 입원 중이던 병원에서 숨을 거두다.

동물농장

초판 1쇄 인쇄 2023년 10월 24일
초판 3쇄 발행 2024년 9월 13일

지은이 조지 오웰
옮긴이 윤영
펴낸이 이효원
편집인 음정미
마케팅 추미경
디자인 양미정(표지), 이수정(본문)
펴낸곳 올리버
출판등록 제395-2022-000125호
주소 경기도 고양시 덕양구 삼송로 222, 101동 305호(삼송동, 현대헤리엇)
전화 070-8279-7311   **팩스** 02-6008-0834
전자우편 tcbook@naver.com

ISBN 979-11-93130-82-7 03840

올리버 세계교양전집 목록